姚嘉為 主編

亦俠亦狂一書生

夏志清先生紀念文集

夏志清先生

(1921.02.18 — 2013.12.29)

夏志清先生身影

一九四〇年代與家人合影於上海。後排左起：夏濟安、夏志清，前排左起：父親夏大棟、母親何韵芝、六妹夏玉瑛。（王洞提供）

一九五三年攝於耶魯大學校園。（王洞提供）

一九五九年與前妻凱若、女兒建一從紐約 Potsdam 城到紐約市度週末。（王洞提供）

一九六一年 *A History of Modern Chinese Fiction*（《中國現代小說史》）問世，耶魯大學出版。

一九六三年夏志清招待白先勇、鮑鳳志、陳若曦、歐陽子（自左至右）搭遊艇共遊 Hudson River。（歐陽子提供）

一九六九年七月二十四日夏志清與王洞在紐約 Plaza Hotel 舉行婚禮。（王洞提供）

一九七九年錢鍾書（右）訪問哥倫比亞大學與夏志清合影。（王洞提供）

一九七九年《中國現代小說史》最早的中譯本問世，劉紹銘編譯，香港友聯出版社出版。

一九八三年夏天攝於虹橋機場，這是夏志清一九四七年離鄉後首次回到上海。（王洞提供）

一九八六年夏志清和唐德剛握手言和，「唐夏之爭」落幕，中為「傳記文學」發行人劉紹唐。（趙淑俠提供）

一九八二年沈從文（中）訪問紐約，與夏志清、叢甦合影。（叢甦提供）

一九八〇年代夏志清與李歐梵（後排中）、王德威（後排左）、叢甦（前排左）、王洞合影。（叢甦提供）

哥倫比亞大學東亞系三代名師：王際真（中）、夏志清（右）、王德威（左）。（王洞提供）

一九九〇年與葉嘉瑩教授合影於哥倫比亞大學附近。（葉嘉瑩提供）

一九九二年北美作協年會暨學術研討會中，夏志清與琦君（前右），趙淑敏合影。（趙淑敏提供）

一九九六年傳授參考書給張鳳，合影於夏府門前。（張鳳提供）

二〇〇〇年夏志清應劉紹銘（右）之邀，參加香港嶺南大學「張愛玲與現代中文文學」國際研討會。（劉紹銘提供）

二〇〇〇年六月夏志清在紐約參加章緣「大水之夜」新書發表會。（章緣提供）

二〇〇一年九月北美作協在紐約法拉盛頒獎給文壇名家。前排左起：琦君、夏志清、王鼎鈞、鄭愁予，由文建會前主委林澄枝主持頒獎。後排左起：北美作協前會長馬克任、林澄枝、世界華文作家協會秘書長符兆祥。（符立中提供）

二〇〇二年紐約作協「圍城」討論會。左起：湯晏、趙淑俠、夏志清、馬克任、趙淑敏。（趙淑敏提供）

二〇〇四年十二月於哥倫比亞大學教職員俱樂部，背後書架上陳列其著作 *C.T. Hsia on Chinese Literature*（《夏志清論評中國文學》）。（王洞提供）

二〇〇五年「夏氏兄弟與中國文學」國際研討會在紐約哥倫比亞大學舉行，夏志清在會中演講。（張鳳提供）

二〇〇五年哥倫比亞大學召開「夏氏兄弟與中國文學」國際研討會，夏志清夫婦與王德威於會後合影。（王德威提供）

二〇〇六年三月孫康宜（左）拜訪夏志清夫婦，合影於夏府前。（孫康宜提供）

二〇〇六年七月在紐約法拉盛「膳坊飯店」慶祝當選中央研究院院士，與趙俊邁合影。（王洞提供）

二〇〇七年白先勇訪紐約與夏志清合影。（王洞提供）

二〇〇七年白先勇訪紐約餐會，夏志清與汪班（右一），趙淑俠（右二），李曄（左）合影。（趙淑俠提供）

二〇〇七年五月，夏志清夫婦與年輕學者宋偉杰、王曉珏合影於夏宅。（宋偉杰提供）

二〇〇八年五月姚嘉為到夏府進行專訪。（姚嘉為提供）

二〇〇九年夏教授大病初癒，王德威前往夏府探望。（王洞提供）

二〇一〇年一月十日紐約友人在曼哈頓中城祝賀夏先生九十大壽，前排左起：殷志鵬，董鼎山，夏志清，王洞。（顧月華提供）

二〇一〇年四月參加鄭達新書蔣彝傳記發表會。（鄭達提供）

二〇一〇年夏教授九十大壽，中華民國總統馬英九先生特贈條幅「績學雅範」賀壽。（趙俊邁提供）

二〇一〇年學界慶賀夏志清九十大壽。（左二）王德威教授。（孫康宜提供，吳盛青攝影）

二〇一〇年學界賀壽宴中與孫康宜教授合影。（孫康宜提供，吳盛青攝影）

二〇一〇年九十大壽宴席中與宣樹錚合影。（宣樹錚提供）

二〇一〇年朴宰雨教授拜訪夏志清。（朴宰雨提供）

二〇一一年張鳳母子到夏府拜壽。（張鳳提供）

二〇一一年九月姚嘉為再訪夏府，與夏教授合影。（姚嘉為提供）

二〇一一年十月紐約僑界慶祝中華民國百歲誕辰，馬總統夫人周美青女士在臺北經濟文化辦事處與夏志清握手致意。（王洞提供）

二〇一二年九月在北美華文作協大會開幕式中，夏志清代表致贈紀念牌給榮譽永久會長馬克任，由馬夫人劉晴女士接受。（趙俊邁提供）

二〇一二年在北美華文作協大會開幕式中，夏志清與（右起）趙淑俠、白先勇、施叔青、張樟華合影。（趙淑俠提供）

二〇一三年三月王德威與夏志清夫婦合影（王洞提供）。

二〇一三年十月十日，手持《中國現代小說史》，與梅振才合影。（梅振才提供）

二〇一三年十二月二十九日夏志清教授辭世，追思會於二〇一四年一月十八日在紐約舉行，由王德威主持。（《僑報》管黎明攝影）

王鼎鈞在追思會中致悼辭。（《世界日報》許振輝攝影）

夏夫人王洞與女兒自珍於追思會中。（許振輝攝影）

養子夏焦明致悼詞。（許振輝攝影）

追思會在Frank E.Campbell舉行，兩百餘位賓客出席致哀。（管黎明攝影）

駐紐約臺北經濟文化辦事處處長章文樑慰問夏夫人王洞。（許振輝攝影）

追思會現場夏教授生平事蹟著作展示。（李秀臻攝影）

夏志清先生傳略

夏志清教授為哥倫比亞大學中國文學名譽教授，一九九一年退休，二〇〇六年榮膺中央研究院院士。二〇一三年十二月二十九日在紐約辭世。

一九二一年二月十八日生於上海浦東，祖籍蘇州，在上海成長。一九四二年上海滬江大學英文系畢業，一九四六年隨兄長夏濟安赴北京大學擔任英文助教。一九四七年考取北京大學獎學金留學美國，一九五一年獲耶魯大學英美文學博士學位。一九五二年獲洛克斐勒基金會三年研究補助費，從事中國現代小說研究，一九六一年《中國現代小說史》由耶魯大學出版。在書中他高度讚揚張愛玲、錢鍾書和沈從文的作品，影響深遠，奠立他在漢學界的地位。

一九五五至一九五六年在密西根大學教授中國文化，一九五七至一九六一年在德州 Huston-Tillotson 學院和紐約州立學院 Potsdam 校區教授英國文學，一九六一至一九六二年在匹茲堡大學教授中國文學。一九六二年至紐約哥倫比亞大學擔任中國文學副教授，一九六九年升任教授，一九九一年受聘為名譽教授。

夏教授學貫中西，中英文著作等身，出版三部重要英文學術著作：*A History of Modern Chinese Fiction*（《中國現代小說史》，一九六一年耶魯大學出版），*The Classic Chinese Novel*（《中國古典小說》，一九六八年哥倫比亞大學，一九八〇年印第安那大學出版），*C. T. Hsia on Chinese Literature*（《夏志清論評中國文學》，二〇〇四年哥倫比亞大學出版），前兩部著作翻譯為中文。中文著作包括《愛情社會小說》、《文學的前途》、《人的文學》、《新文學的傳統》、《雞窗集》、《談文藝 憶師友》、《歲除的哀傷》和《張愛玲給我的信件》。

「我已經永垂不朽！」
懷念夏志清先生
王德威

二〇一三年十二月十日，我回到紐約哥倫比亞大學參加博士生論文答辯，更重要的任務是探望夏志清先生。晚上與夏師母會合來到醫院。走進病房，看到夏先生在床上半躺半臥，正在咕噥著晚餐不好吃。原來心裏老大的惦記頓時減輕不少：我們的夏先生雖然氣色虛弱，但還是挺有精神，對任何事情絕不放棄評論，而且語出務必驚人。

一會兒駐院大夫進來。夏先生單刀直入，開口就是「我看我要不行了！大夫，我還能活多久？」大夫囁嚅著，「挺好的，沒問題……」夏先生不耐煩了，「不用瞞我的！我是很現代，很科學的，人。不怕死的！你說，我還能活多久？」大夫無言以對。這會兒夏先生乘勝追擊，蘇州英語連珠炮般出來，「死有什麼關係！不怕的，你知道我是全世界最有名的中國文學批評家？我寫了這麼多偉大的書，我這麼偉大，你們都愛我的！你看，我早就已經永垂不朽了！」

這真是夏先生的本色。一九八〇年在威斯康辛作研究生時，夏先生來訪講晚清小說。只覺得先生的演講好生複雜，《玉梨魂》的鴛鴦蝴蝶怎麼會和好萊塢的馬龍白蘭度扯上關係？中間還站了起來比劃一次西部電影牛仔拔槍對決。先生的學問如此精準犀利，言談卻如此生猛驚人！未料十年之後，我竟然在夏先生催促之下，申請哥倫比亞大學現代中國文學教職，成了他的接班人。而知道他如何為了我的聘任獨排眾議，豁了出去，已經是幾年以後的事了。

自從一九六一年《現代中國小說史》問世，夏志清先生不僅為現代中國文學研究樹立典範，而且實實在在的為英美學院開創一個新的領域。之後他的治學方向延伸到古典文學，《中國古典小說》（一九六七）又是一部石破天驚的著作。先生以他英美新批評的訓練以及西方人文主義精神，回看中國古今敘事傳統。他批判五四知識分子作家一味「感時憂國」的傾向，力倡文學的世界主義。他不吝發掘「吶喊」和「彷徨」以外的創作風格，沈從文、張愛玲、錢鍾書因此成為經典。據此他更進一步思考古典說部從《三國演義》、《水滸傳》到《金瓶梅》、《紅樓夢》的現代意義，不僅點出傳統社會複雜的世路人情，尤其為受到壓抑的女性作不平之鳴。

我在哥倫比亞大學的十五年有幸追隨夏先生左右，真是最難忘的歲月。幾乎每週他都到我的辦公室——也曾經是他的辦公室——聊聊，更不談無數的宴飲聚會。我雖不是先生的門生，但實在受益良多。私底下夏先生沒有那麼歡喜插科打諢，但是思維的跳躍、情緒的轉換殊無二致。最讓我印象深刻的是他點評文學、臧否人事，永遠洞若觀火，而且不假辭色。他對我最大的批評是「太好說話」，「沒有勇氣」作真正的批評家。誠哉斯言。他治學上的「傲慢與偏見」讓他成就一家之言，而日常生活上的出言無狀卻又機鋒處處，讓他活脫像是《世說新語》裏跳出來的人物。

在公眾場合的夏先生永遠談笑風生，歡喜成為大家注意的焦點。但喧嘩之後，夏先生又是什麼樣子？一九九〇年我到哥大應聘時，夏先生攜我到他當時在一一五街的公寓；坦白說，地方狹蹙，還真讓我有點意外，因為覺得和先生的盛名似乎不符。那天談著談著，他突然有感而發地說，不要看他表面這樣的冂無遮攔，其實他是非常害羞緊張的人。當時只覺先生之言有點突兀，多年之後，更了解他的生活，他的為人，才明白此中有多少心事，不足為外人道。

夏先生那一輩的留美學者是非常不容易的。求學經驗的艱難，國共裂變後的抉擇，還有感情生活的起伏，必定都在他的生命中留下層層陰影。而一九六五年夏濟安先生猝逝，那痛失手足兼知己的創傷，恐怕他再也沒有走出來。愛熱鬧的夏先生可曾是苦苦抗拒孤獨與寂寞的？在他那些幾乎從不恰當的喧嚷笑話後面，有一個我們並不知道，可能也永遠不會知道的夏先生。

在哥大那些年和夏先生、師母王洞來往久了，真有如家人一般。連我的學生也和夏先生、師母打成一片。夏師母的溫暖大度永遠烘托任何的聚會。我們舉辦了多少次會議演講，夏先生總是第一排座上賓，也總有（奇怪的）話要說。他稱讚王安憶、衛慧是平生僅見的上海美女，李銳留著小鬍子看來真像魯迅——牙齒可比魯迅衛生多了，張愛玲、朱天文都被胡蘭成害慘了，莫言的皮夾克看起來值不少錢……結論總是「我太偉大了，太有趣了，每個人都愛我的！」

二〇〇四年我竟然有了見異思遷之舉。哥倫比亞是偉大的大學，但對紐約的生活我似乎總不習慣。在當時去留之間有許多考量，但最重要的是夏先生的態度。我當然知道夏先生是不希望我離開的，因此遲遲不敢表態。一拖多月，直到最後還是決定請夏先生定奪，未料一開口，先生的回應卻是「我祝福你。心裏既然有決定，就照自己的決定去做罷。」此時的夏先生無比清楚，也無比輕鬆。作為晚輩，我反而愈發覺得無地自容了。

下一年，我重回哥倫比亞舉辦夏氏昆仲國際研討會。夏先生終於等到機會。討論結束之前，夏先生突然指著專程參加會議的哈佛大學韓南（Patrick Hanan）教授說，他自己好比三國的劉備，韓南就好比曹操。哥倫比亞的劉備好不容易找來個王德威，原來以為是個忠心耿耿的諸葛亮，沒想到這個諸葛亮是個叛徒，半夜逃到曹操那裏去了……

所幸紐約與波士頓畢竟不遠。我和夏先生、師母還是常有機會見面。先生的健康在二〇〇九年出現警訊。那一年因為肺炎和心臟病他輾轉醫院長達半年之久。有一段時間情況並不樂觀，我和夏師母幾乎天天電話聯絡。我們許願如果先生復原，就要為他慶九十大壽。夏先生也必定真想再熱鬧熱鬧，居然奇蹟般的出院了，而我們也的確為他辦了盛大壽筵。在宴會上，他為《夏語錄》又添了一段名言，「等王德威九十歲了，我再來慶祝一次！」

夏先生熱愛生命，對所信仰的學問和事物，從義大利沙丁魚到張愛玲到共和黨，有近乎偏執的堅持，但在此之下卻是一顆與人為善的心，一顆童心。六、七〇年代的老左，八、九〇年代的新左對他的撻伐何曾少過？而夏先生兵來將擋，一笑，不，大笑置之。看看這些年他的「敵人們」如何前倨後恭，或者如何搖身一變，隨大國崛起而崛起成為新派學術買辦，我們這才理解「擇善固執」這樣的老話，真是知易行難。

夏先生的生命裏不能沒有夏師母。她以她的雍容和智慧照顧夏先生，更重要的，保護夏先生。他們四十五年的生活裏經過許多風雨，而夏師母堅此百忍，不動如山。尤其她對先生最後十年的照顧如此無微不至，那是中國傳統裏最真實的親情和恩義。夏師母敬重夏先生的學問和風骨，包容他的任性和奇行。就像過去敦煌守護佛龕的供養人一樣，是她讓「夏志清」成為一則傳奇。

我最後一次和夏先生、師母共聚是在二〇一三年的三月中。那時我在重重壓力下身心俱疲。很奇怪的，就是有一個意念想看看夏先生，終於專程到紐約去了一趟。見了面，只覺得先生老矣，很是不忍。但我們居然一塊兒到中城一家高級法國餐廳吃了頓飯。夏先生此時出入早已必坐輪椅，而夏師母自己照顧，決不假手他人。那天的飯其實吃得不錯，夏先生體力有限，卻還是堅持談笑風生，照例對女侍者作出匪夷所思的奉承。彷彿之間，一切恍如昨日。

晚餐結束了，沒想到外面下起大雪。三月的雪來得又快又猛，紐約街上白茫茫一片，幾乎沒有行人了。等了又等，總算攔下一部出租車。我們和兩位餐廳的服務人員合力將夏先生抬進車裏，夏師母拎著大包小包這才和我上車。到了一一三街的公寓，我們又好不容易把夏先生抬下車。風雪更大了。夏師母堅持一切靠自己，夏先生依舊嘟嘟囔囔的批評這個那個。就這樣，擁抱，揮手，我目送他們一點一點地進入公寓。

再往後，就到了十二月醫院的探視。那天我必須搭乘午夜的飛機到臺北去。離開醫院，夏師母陪我到附近的小舘吃了點東西。夏師母是堅強的。幾天以後，電話中她告訴我醫生的預期並不樂觀，但她覺得夏先生還是可以挺一陣的：他是那麼想活下去，過了年，還是要回家的。但是二十九日電話，夏先生晚上睡夢中走了。夏先生一輩子愛熱鬧。在關鍵時刻，他卻選擇自己一個人，安安靜靜的，「永垂不朽」了。

我懷念夏先生。在另一個世界裏，他是不是還忙著和女士們熱情擁抱，和左派繼續鬥爭，勸住在隔壁的魯迅多刷牙，提醒張愛玲多運動、多吃維他命？而他對學術最高標準的堅持想必一如既往，對文學和生命之間的複雜關懷絕不讓步。比起行走江湖、大言夸夸的大說家們，夏先生獨自在小說的世界裏看到了一個世紀中國人的動蕩與悲歡。是這種堅持「小說」歷史的勇氣和洞見，讓他成為現代中國文學最重要的批評家。彷彿之間，我們好像又聽到他得意的蘇州腔英語，又急又快：「我知道，我知道。我這麼偉大，你們都愛我的！你看，我早就已經永垂不朽了！」

目錄

一介布衣

劉紹銘

夏志清先生於十二月二十九日在美國紐約市辭世，生年九十有二。先生名滿中外，著作等身，要紀念他，就他的著作議論固然適宜，但夏先生一生的趣聞逸事可多。若要側寫他多彩多姿的生活片段，絕不會有不知從何說起的困擾。

上世紀六〇年代初我負責籌劃夏先生 *A History of Modern Chinese Fiction* 的中譯工作，自此因公因私一直跟他書信往還，也多次拿過夏先生的著作和日常生活中的「花邊」新聞做過文章。如今先生「大去」，應就我個人所知對他的文學見解做一補充。

夏先生的《中國現代小說史》於一九六一年由耶魯大學出版。如果不是通過中譯本先後接觸到「兩岸三地」的華人學界，張愛玲今天那有如此風光？說起來沈從文和錢鍾書的「下半生」能再熱鬧起來，也因得先生的賞識，在《小說史》中用了史筆推許一番。

張愛玲三、四〇年代在上海出道，作品總背上「鴛鴦蝴蝶」之名，只合消閒遺興。那年頭唯一有眼光賞識到張愛玲才華的是傅雷。他用迅雨筆名發表了〈論張愛玲的小說〉，斬釘截鐵的肯定〈金鎖記〉為「我們文壇最美收穫之一」。他說的對：〈金鎖記〉的人物「每句說話都是動作，每個動作都是說話，即在沒有動作沒有言語的場合，情緒的波動也不曾減弱分毫」。

傅雷文評，全以作品的藝術成就定論，沒有夾雜「意識形態」的考慮。夏先生是上海人，張愛玲在「敵偽」時期的上海當上了胡蘭成夫人這回事，他理應知道。張小姐是否因此附了「逆」？他在《小說史》中隻字不提，只集中討論這位 Eileen Chang 作品的非凡成就，一開頭就用 F. R. Leavis 在《偉大的傳統》一書所用的無可置疑的語氣宣稱：「張愛玲該是今日中國最優秀最重要的作家。」

夏先生這種近乎「武斷」的看法，當然「備受爭議」，而且這種爭議，可能會無休無止的延續下去。反正夏先生的說法，也不過是「一家之言」，我們自己各有取捨。《小說史》中譯本初版於一九七九年，夏先生特為此寫了一個長序，特別點出自己作為一個文學批評家與文學史家的工作信念。那就是對「優美作品之發現和評審」（"the discovery and appraisal of excellence"），這個宗旨我至今還抱定不放」。

夏先生大半生的「職業」是中國文學教授；但他「前半生」所受的教育和訓練卻是西洋文學。他在上海滬江大學英文系畢業，在北京大學英文系當過助教，後來得到留美獎學金到耶魯大學唸研究院，用三年半的時間取得博士學位。那年頭的美國研究院，唸文科的總得通過兩三種外語考試。記得夏先生所選的外語，其中有拉丁文和德文。如果夏先生不是資質過人，在大學時勤奮自學，一早打好了語言和文學史的根柢，不可能在三年半內取得耶魯的博士學位。

不難想像，像夏先生這樣一個有高深西洋文學修養的人，為了職業上的需要再回頭看自己國家的「文學遺產」時，一定會處處感覺「若有所失」。一九五二年他開始重讀中國現代小說，發覺：五四時期的小說，實在覺得它們大半寫得太淺露了。那些小說家技巧幼稚且不說，他們看人看事也不夠深入，沒有對人心作深一層的發掘。現代中國文學之膚淺，歸根究底說來，實由於對其「原罪」之說，或者闡釋罪惡的其他宗教論說，不感興趣，無意認識。

夏先生讀唐詩宋詞，不時亦感到「若有所失」。他認為中國文學傳統裏並沒有一個正視人生的宗教觀。中國人的宗教不是迷信，就是逃避，或者是王維式怡然自得的個人享受。他讀中國詩賦詞曲古文，認為「其最吸引人的地方還是辭藻之優美，對人生問題倒並沒有作多深入的探索。即以盛唐三大詩人而言，李白真想喫了藥草成仙，談不上有甚麼關懷人類的宗教感。王維那幾首禪詩，主要也是自得其樂式的個人享受，看不出甚麼偉大的胸襟和抱負來。只有杜甫一人深得吾心，他詩篇裏所表揚的不僅是忠君愛國的思想，也是真正儒家人道主義的精神。」

夏先生「明裏」是哥倫比亞大學的中國文學教授，「暗地」卻私戀西洋文學。這本是私人嗜好，旁人沒有置喙餘地——只要他不要在學報上把中國文學種種的「不足」公佈出來。但這正是他在

"Classical Chinese Literature : Its Reception Today as a Product of Traditional Culture"（1990）一文所幹的別人認為是他「吃裏扒外」的「勾當」。身為哥大 Professor of Chinese，若有學生前來請益，夏老師理應給他諸多勉勵才是，但我們的夏老師卻歪想到古希臘文明輝煌的傳統，居然說 would not hesitate to advise any college youth to major in Greek，他是說會毫不猶豫的勸告任何大學生主修希臘文。十九世紀俄國小說，名家輩出，力度震聾發聵。為此原因，夏老師也會毫不猶疑勸告來

看他的學生主修俄國文學。難怪「國粹派」的學者把他的言論目為「異端」。

夏先生第二本專著《中國古典小說》（*The Classic Chinese Novel : A Critical Introduction*）一九六八年在哥大出版社出版。書分六章，各別討論《三國演義》、《水滸傳》、《西遊記》、《金瓶梅》、《儒林外史》和《紅樓夢》。這六本說部，一點也不奇怪，夏先生評價最高的是《紅樓夢》。但隨後的十多二十年，他對中國傳統文化和社會的了解逐漸加深，對《紅樓夢》的看法也相應作了修改。這裏只能簡單的說，夏先生對故事收尾寶玉遁入空門，作為看破紅塵的指標極感失望。當然，夏先生的看法多少是受了杜思妥也夫斯基扛鼎名著《卡拉馬助夫兄弟們》的影響。

夏先生用 docile imagination 一詞來概括中國文人創作想像力之「柔順」。「色即是空，空即是色」的老調，唱多了，別無新意。寶玉出家，不是甚麼知性的抉擇，步前人後塵而已。在夏先生的眼中，若拿《卡拉馬助夫兄弟們》跟《紅樓夢》相比，自然是前者比後者更能「深入靈魂深處」。這麼說來，夏先生為了堅持 the discovery and appraisal of excellence 的宗旨，恐怕要背上「不愛國」的罪名。

夏先生的言論，激奮起來時，有時比魯迅還魯迅。我們記得一九二五年《京報副刊》曾向魯迅請教，提供一些「青年必讀書」給讀者參考。魯迅一本正經的回答說：「我看中國書時，總覺得就沉靜下去，與實人生離開；讀外國書——除了印度——時，往往就與人生接觸，想做點事。……我以為要少——或者竟不——看中國書，多看外國書。少看中國書，其結果不過不能作文而已。但現在的青年最要緊的是『行』，不是『言』。只要是活人，不能作文算甚麼大不了的事。」

夏先生在〈中國文學只有中國人自己講〉說的話，世間若還有「衞道之士」，看了一定會痛心疾首：「洋人看中國書看得少的時候，興趣很大；看得多了，反而沒有興趣了。Arthur Waley、**Ezra Pound** 翻譯的中國古詩，看的人很多，人家說：就是好！翻譯得多了，就沒甚麼好了。小說也一樣，《西遊記》翻譯一點點，人家覺得很好，後來多了以後，就覺得很煩，中國人不覺得甚麼，洋人就覺得長，而且人名又都差不多，看不下去。所以，中國文學弄不大，弄了很多年弄不起來，要起來早就起來了。法國的《包法利夫人》大家都在看，中國的《紅樓夢》你不看也沒有關係，中國沒有一本書大家必須看。」

歷史學家唐德剛教授本是志清先生好友，看了夏教授這種言談，精讀《紅樓夢》的唐先生受不了，認為老友「以夷變夏」，寫了〈紅樓遺禍——對夏志清「大字報」的答覆〉一文，發表於臺灣的《中國時報》，內有十八個小標題，其中有「瘋氣要改改」、「以『崇洋過當』觀點貶抑中國作家」和「崇洋自卑的心態」這三條。

這場唐、夏二公就《紅樓夢》價值之爭議，其實開始前就有結論，那就是二者不可能分勝負。唐先生在美國受教育，以英文寫作，他最熟悉的西方經典，自然是史學範圍。他閒時或會涉獵西方文學作品，但對他來說這只是「餘興」，這跟志清先生在這門功課上作業之勤、用情之深根本不可同日而語。看德剛先生的年紀，諒是抱着《紅樓夢》吃喝做夢那一代的書癡。既是平生至愛，那能讓夏某人「貶」其所愛？

文以「一介布衣」為名，因為我實在想不出一個跟內容貼切的題目。六十年代初我到紐約拜望夏先生時，他帶我到他家去坐。他的家就是哥倫比亞大學教職員的房子。隨後幾次拜訪，他也是在「家」接見我的，只是「家」的面積比初見時略為寬敞，想是因年資增長而得到的禮遇。夏先生除了做老師討生活和替報章雜誌寫寫文章賺點零用錢外，想來再沒有什麼發財能力。說他是「一介布衣」，應該沒有錯。

（原載《蘋果日報》副刊 二〇一四．一．五）

劉紹銘

廣東惠州人，香港出生，臺灣大學外文系畢業，美國印第安那大學比較文學博士，現為香港嶺南大學中文系榮休教授。大學期間與白先勇、陳若曦、歐陽子、葉維廉、李歐梵等創辦《現代文學》。曾任教香港中文大學、新加坡國立大學、夏威夷大學、威斯康辛大學、香港嶺南大學。與夏志清交情深厚，協助出版《中國現代小說史》中譯本，並擔任部份翻譯工作。著有《二殘遊記》、《含英咀華》、《文字的再生》、《吃馬鈴薯的日子》、《到底是張愛玲》、《張愛玲的文字世界》、《激流倒影》、《風月無邊》等數十本作品。

文學因緣

感念夏志清先生

白先勇

我因文學而結識的朋友不少，但我與夏志清先生的一段文學因緣，卻特殊而又悠久，前後算算竟有半個多世紀了。我在臺大唸書的時期，便從業師夏濟安先生主編的「文學雜誌」上讀到夏志清先生的文章。尤其是他那篇論張愛玲小說《秧歌》的力作，對當時臺灣文學界有振聾啟聵的作用，兩位夏先生可以說都是我們那個世代的文學啟蒙老師。

一九六三年我到美國唸書，暑假到紐約，遂有機會去拜訪夏志清先生，同行的有同班同學歐陽子、陳若曦等人。因為我們都是夏先生兄長濟安先生的學生，同時又是一群對文學特別愛好、開始從事創作的青年，我們在臺大創辦的《現代文學》雜誌，夏先生亦是知曉的，所以他對我們特別親切，份外熱心，那天他領了我們一夥去赫遜河（Hudson River）坐遊船，那是個初夏的晴天，赫遜河上涼風習習，紐約風光，歷歷在目，夏先生那天的興致特別高，笑話一直沒有停過，熱鬧非凡，五十年前那幅情景，迄今栩栩如生。有夏先生在，人生沒有冷場的時候，生命不會寂寞，他身上散發出來的一股強烈的光與熱，照亮自己，溫暖別人。

六三年夏天，我在哥倫比亞大學上暑期班，選了一門瑪莎．

弗莉（Martha Foley）開的「小說創作」，弗莉是《美國短篇小說年度選》的資深編輯，這本年度選集，頗具權威，課上弗莉還請了一些名作家如尤朵拉‧韋娣（Eudora Welty）來現身說法。課餘，我便到哥大 Kent Hall 夏先生的辦公室去找他聊天。那時年輕不懂事，在夏先生面前高談闊論，夸夸其言自己的文學抱負，《現代文學》如何如何，說的興起，竟完全不顧自身的淺薄無知，夏先生總是耐心的聽著，還不時說幾句鼓勵的話。夏先生那時心中不知怎麼想，大概會覺得我天真幼稚，不以為忤。夏先生本人從不講究虛套，快人快語，是個百分之百的「真人」，因此我在他面前，也沒有甚麼顧忌，說的都是心裏話。打從頭起，我與夏先生之間，便建立了一份亦師亦友，忘年之交的關係，這份情誼，一直維持了半個世紀，彌足珍惜，令人懷念。

後來我回到愛荷華大學唸書，畢業後到加州大學教書，這段期間，我開始撰寫《臺北人》與《紐約客》系列的短篇小說，同時也開始與夏先生通信往來，幾乎我每寫完一篇小說登在《現代文學》上後，總會在信上與他討論一番。夏先生私下與人相處，非常隨和，愛開玩笑，有時候興奮起來，竟會「口不擇言」，但他治學嚴謹卻是出了名的，他寫信的態度口氣，與他平時談吐亦大不相同，真誠嚴肅，一本正經，從他的書信看得出來，其實夏先生是個心思縝密，洞燭世情的人，而他又極能寬厚待人，對人對生命，他都持有一份哀憐之心。試看他與張愛玲的書信往來，夏先生愛其才，而又憫其坎坷一生，對她份外體貼入微。他們之間的信件，真情畢露，頗為動人。

我有幸也與夏先生保持一段相當長的書信往返，他對我在創作上的鼓勵是大的。夏先生對已成名的作家，評判標準相當嚴苛，他在《中國現代小說史》中對魯迅、巴金等人絲毫不假辭色，可是他對剛起步的青年作家卻小心翼翼，很少說重話，以免打擊他們的信心。那段期間我與夏先生在文學創作上，互相交流，是我們兩人交往最愉快的時光，每次收到他那一封封字體小而密的信，總是一陣喜悅，閱讀再三。我的小說，他看得非常仔細，而且常常有我意料不到的看法。《紐約客》系列他比較喜歡〈謫仙記〉，他認為結尾那一段李彤自殺，消息傳來，她那些朋友們的反應，壓抑的悲哀，寫得節制而達到應有的效果。後來他把〈謫仙記〉收入他編的那本《二十世紀中國短篇小說選》，英文是我自己譯的，經過夏先生精心潤飾，其中也選了張愛玲的〈金鎖記〉，這本選集由哥倫比亞大學出版，當時有不少美國大學當作教科書。

我們在討論《臺北人》小說系列時，我受益最多，關於〈遊園驚夢〉他說我熟悉官宦生活，所以寫得地道。他又說我在〈滿天裏亮晶晶的星星〉裏，我對老人賦予罕有的同情。一般論者都認為這只是一篇寫同性戀者的故事，夏先生卻看出這篇小說的主旨其實是在寫年華老去的亙古哀愁。至於對《臺北人》整體的評價，他說《臺北人》可以說是部民國史，民國的重大事件：武昌起義、五四運動、抗日戰爭、國共內戰，都寫到小說中去了。

一九六九年夏先生寫了一篇一萬多字的長文〈白先勇論（上）〉評論我的小說，這篇文章發表在《現代文學》十二月第三十九期上。那時我只寫了二十五篇短篇小說，《臺北人》系列才完成七篇。夏先生這篇論文，對我的小說評價在當時起了很大的肯定作用。文中有些溢美之辭：「白先勇是當代短篇小說家中少見的奇才。」「在藝術成就上可和白先勇後期小說相比或超越他的，從魯迅到張愛玲也不過五、六人。」「尤其從〈永遠的尹雪艷〉到〈那片血一般紅的杜鵑花〉

那七篇總名《臺北人》的小說，篇篇結構精緻，文字洗練，人物生動，觀察深入，奠定了白先勇今日眾口交譽的地位。」這篇「上論」其實只論到早期幾篇小說。他認為早期寫得最好的一篇是〈玉卿嫂〉，他詳細深入的分析了這一篇小說，他引用愛神維納斯 **Venus** 與美少年阿宕尼斯 **Adonis** 的悲劇神話，來比喻玉卿嫂與慶生之間一段冤孽式的愛情故事，觀點頗具創意。

〈白先勇論（上）〉最後夏先生如此預告：「我對〈芝加哥之死〉要說的話很多，留在本文第三節同別的後期小說一併討論。」。但夏先生始終沒有寫出下篇，可能他想等我的《臺北人》系列寫完後，再論。可是《臺北人》一直到一九七一年才寫完，接著歐陽子分析《臺北人》一系列的文章陸續登出，並結集為《王謝堂前的燕子》，夏先生有一次跟我通信提到《臺北人》已有人精心論析，他認為他自己不必再寫了。後來《寂寞的十七歲》出版時，夏先生把〈白先勇論（上）〉改為〈白先勇的早期小說〉當作序言。

夏先生在我教書生涯上，亦幫了大忙。一九六五年我從愛荷華大學作家工作室拿到藝術碩士學位。這種學位以創作為主，止於碩士。當時我的選擇有兩個：我可以繼續攻讀博士，循著一般當教授的途徑，在美國唸文學博士起碼要花四、五年的功夫，我那時急著要寫自己的小說，不願意花那麼大的工夫去苦讀研究別人的作品，而且好像寫小說的人，很少有唸博士學位的。另一個選擇就是找份工作，一面寫作。正好加州大學聖芭芭拉校區東方語文系有一個講師空缺，教授中國語文，我去申請得以錄取，夏先生的推薦函有很大的影響，以夏先生在美國漢學界的地位，他的推薦當然有一定的份量。後來，在我長期的教書生涯中，每逢升等的關鍵時刻，夏先生都會大力推薦，呵護備至。因為我沒有博士學位，在美國大學升等，十分不容易，我很幸運憑著創作及教學，一直升到正教授退休，夏先生一封封強而有力的推薦信，的確幫我渡過不少難關。其實夏先生提攜後輩，不惜餘力。他的弟子門生，對他都常懷感念。夏先生雖然飽受西洋文化的洗禮，事實上他為人處世，還是地地道道中國人的那一套：重人情、講義氣、熱心腸、好助人。夏先生自哥大退休，接班人選中了青年學者王德威，他賞識王德威的才學，也喜歡他的性格，大力栽培，愛護有加，兩人情同父子，夏先生晚年，王德威對夏先生的照顧亦是無微不至的。

雖然我長年在美國西岸加州大學教書，但我也有機會常到東岸，尤其是紐約，探望親友、開會演講。每次到紐約，我一定會去拜訪夏先生。夏先生好客，我去了，他總會約好住在紐約我的老同學、老朋友：叢甦、莊信正等人一同到他喜歡的幾家中國飯館去共進晚餐。我記得有一次還到紐約中國城的四五六，吃江浙菜，那家紅燒大烏參特別有名。叢甦與莊信正是我的學長，也是夏濟安先生的弟子，與夏志清先生及夏太太王洞女士數十年相交，是他們伉儷最親近的朋友。我們幾個人一同聚餐，談笑無拘，是最快樂的時光。

一九七四年，亞洲研究協會（Association for Asian Studies）在東岸波士頓開年會，中國文學方面夏先生主持了一節研討會，他邀我參加，我宣讀的論文是：流浪的中國人——臺灣小說中的流放主題（The Wandering Chinese—the Theme of Exile in Taiwan Fiction）。平時我很少參加AAS的年會，年會的目的雖然說是為了學術界互相切磋，但很多時候是為了覓職，互攀關係。但那次因為是夏先生當主持人，而且許多朋友都參加了，我記得有李歐梵、劉紹銘、楊牧、於梨華、鍾玲、陳幼石等人。熱鬧非凡。那次夏先生特別高興。

一九八二年，我的小說《遊園驚夢》改編成舞臺劇，在臺北國父紀念館公演十場，轟動一時。紐約大學中國同學會邀請我與女主角盧燕到紐約大學去放映《遊》劇錄影帶，並舉行座談會，夏先生與叢甦都被邀請參加座談。夏先生對盧燕的演技十分激賞，他說我寫《遊園驚夢》是Stubbornly Chinese。那時李安正在紐約大學唸電影，他也來參加座談會。會後還邀請我們觀賞他的學生畢業短片。沒想到後來他變成了國際大導演，是臺灣之光。

一九九三年，夏先生七十歲退休，王德威精心策劃，在哥倫比亞大學開了一個研討會，將夏先生的弟子都召喚回來，替夏先生祝壽。有的宣讀論文，有的自述跟夏先生的交往關係，其間還有夏先生的同事、老友，我也應邀參加。那是一個溫馨而有趣的場合，夏先生的同事門生一一上臺，講述了夏先生許多趣事、糗事，臺下笑聲不斷。但大家的結論都推崇夏先生在西方漢學界，尤其是中國小說史述方面的鉅大貢獻，大家一致稱讚。他的兩本英文著作《中國現代小說史》、《中國古典小說》是研究中國小說的兩座里程碑，在西方學術界，有不可取代的地位。夏先生在哥大教書數十年，作育一大群洋弟子，散佈在美國各大學教授中國文學，夏氏門生影響頗大。

夏先生八十歲生日時，我寫了一篇長文〈經典之作——推介夏志清教授的《中國古典小說》〉，為夏先生祝壽，評介他那本經典論著，後來登在聯合報上。說來《中國古典小說》這本書與我也很有一段因緣。夏先生對我們創辦的《現代文學》一向大力支持，常常賜稿，他在這本雜誌上發表過不少文章，而且都是極有份量的論文，遠在一九六五年第二十六期上，首次刊出夏先生的

〈《水滸傳》再評價〉，這篇論文是他《中國古典小說》中〈水滸傳〉那一章的前身，由何欣先生翻譯，接著《現文》第二十七期又刊出夏先生的〈《紅樓夢》裏的愛與憐憫〉，這篇論文後來擴大成為他書中論《紅樓夢》的那一章。那時我已知道夏先生在計劃寫《中國古典小說》這本書，付印前，我請他將樣稿先寄給我閱讀，因此，我可能是最早看到這本書的讀者之一，我希望將此書各章盡快請人譯成中文在《現代文學》登出。我記得那大概是一九六八年的初春，接到夏先生寄來厚厚一疊樣稿，我花了幾天工夫，不分晝夜，一口氣把這本鉅著看完了。看文學評論著作，很少讓我感到那樣興奮過，《中國古典小說》這本書的確引導我對書中論到的六部經典小說，有了新的看法。

除了〈三國演義〉那一章是請莊信正譯出刊在《現文》第三十八期（一九六九）外，其餘各章仍由何欣翻譯，刊登《現文》的有：〈導論〉、〈水滸傳〉、〈西遊記〉、〈紅樓夢〉，本來何先生把〈金瓶梅〉、〈儒林外史〉也譯出來了，但是當時《現文》財源枯竭，暫時停刊，所以〈金瓶〉、〈儒林〉這兩章中譯始終未能登出。那時我自己創辦「晨鐘出版社」，有心將夏先生這本書的中譯本在臺灣出版，並徵得了夏先生的同意，但因為夏先生出書謹慎，出版中譯本須自己校對，仔細修改。這一拖下來，便是數年，直到「晨鐘」停業，這本書仍未能付梓。這是一直耿耿於懷的一件事。一九八八年《中國古典小說》中譯本終於問世，不過是在中國大陸出版的。這本著作本身就是一本經典，曾引導西方學界對中國古典小說研究走向新的途徑，新的看法。在《現文》上登載的幾章中譯，對臺灣學界，亦產生深刻的影響。

夏先生退休不久，患了心律不整的病症，但他非常注重保養身體，所以這些年健康精神都還很不錯，直到三年多前，夏先生因病住院，那次病情來勢洶洶，夏先生在醫院住了相當長的一段時期，全靠夏太太全心全力照顧呵護，才得轉危為安。其間我常與夏太太通電話，用電郵聯絡，知道夏先生病情凶險，也暗暗替他著急，為他祈禱誦經。後來知道他康復出院了，大家才鬆了一口氣。那段日子夏太太真是辛苦，每天探病，一個人長途跋涉，了不得的堅強。

前年秋天十一月間我因出版父親的傳記《父親與民國》，紐約世界日報及華文作家協會，邀我到紐約演講，同時蘇州崑劇院也應邀到紐約演出青春版《牡丹亭》的精華折子。我在法拉盛演講，聽眾有六七百人，夏先生與夏太太也去參加，我一講就講了三個鐘頭，因為父親一生與民國歷史都是講不完的故事。夏先生坐在前排，竟撐住了，還聽得很入神。青春版《牡丹亭》折子戲在Hunter College的戲院上演，我請了一批朋友去看：叢甦、莊信正夫婦、李渝，當然還有夏先生、夏太太。那天的戲男女主角俞玖林、沈豐英演得特別賣力，尤其是俞玖林的〈拾畫〉分外出彩，半個鐘頭的獨角戲揮灑自如，夏先生坐在我身旁興奮得指著臺上叫了起來：那個男的怎麼演得那麼好！

看完戲第二天，夏先生、夏太太請我吃飯，莊信正兩夫婦也參加了，還有夏先生的妹妹。我們在附近一家有名的法國餐館吃龍蝦大餐，那次夏先生的精神氣色都特別好，一點不像生過重病的樣子，那天晚上，又跟我們從前聚餐一樣，大家說得高興，吃得開心。夏先生對人生那份樂觀的熱情，是有感染性的，跟他在一起，冬天也不會覺得寒冷。

夏先生病後已不便於行，需坐輪椅，那晚吃完飯，夏太太用輪椅推著夏先生回家，我看見夏太太努力地推著輪椅過馬路，在秋風瑟瑟中兩老互相扶持，相依為命，我心中不禁一陣惘然，深深被他們感動。

去年十二月二十九日夏先生過世，噩耗傳來臺北，雖然我已聽說夏先生又因病住院，但是還是抵擋不住突來的傷痛，掉下淚來。我打電話到紐約給夏太太，她說夏先生走得很平靜，前一天二十八號還吃了我叫 Harry & David 送過去的皇家梨 Royal Pears。近年來我不在美國過聖誕，不過總會預先訂好皇家梨聖誕節送給夏先生，那是他最愛吃的水果。

（**原載香港《明報月刊》二〇一四年三月號**）

白先勇

臺灣大學外文系畢業，愛荷華大學「作家工作坊」碩士。曾任教於加州大學聖芭芭拉校區。大學時代與陳若曦、歐陽子、王文興等創辦《現代文學》。著有《寂寞的十七歲》、《臺北人》、《孽子》、《驀然回首》、《明星咖啡館》、《第六隻手指》、《樹猶如此》、《紐約客》、《父親與民國》、《止痛療傷》等。《臺北人》獲選為臺灣文學經典，香港亞洲周刊「二十世紀中文小說一百強」，二〇〇三年臺灣國家文藝獎文學類得主。

痛悼夏公

王鼎鈞

天風海風　敬悼夏公

我們敬愛的夏志清教授仙逝了，他留下的的學術空間後繼有人，他留下的情感空間很難填補，好比聖嚴法師往生以後，佛門弟子心中也是這個樣子。這一陣子，報刊網路，尤其是網路，悼念文章這麼多，研究夏公生平的人怎麼看得完！可是我還是要寫。

追思夏公，各人有各人的角度。六〇年代，臺灣，我們這些新進作家的經驗，他在大洋彼岸，以長春藤盟校名教授之尊，一一關注了我們的作品。那時，臺灣的文學雜誌和文學副刊，必定免費寄給夏公一份，夏公似乎都過眼閱覽，遇到「可看」的文章，總會寫信給刊物的主編，評點幾句，有稱許、也指出不足。主編必定把這封信拿給相關的作者看，不得了，這個作用可就大了。有人說，夏先生對巴金、茅盾求全責備，何以對你們這樣慷慨？我說，寫小說史，他是批評家，寫信來，他是教育家。

說到教育，文學教授多矣，他們熱愛自已的學生，特別扶持優秀的學生，他關心群弟子中間有誰能在社會上有個地盤、佔個山頭，一個園丁，那裏管得了離離原上草？琦君女士曾經告訴我，某年他到某州某教授家中作客，發現臺灣寄來的文學雜誌、臺灣作家贈送的著作都堆在書房一角，原封不動，如同一個小小的山丘。他說美國風習，到朋友家中小住，要替朋友做一件事，他在作客期間替主人把這些書刊一一拆開，分類擺上書架，替主人收拾書房。大概也就是擺上書架而已，像夏公這樣關懷後進，有教無類，稀有難逢。我真好命，既能在臺灣遇到貴人，也能在紐約遇到貴人，他們的雨露灌溉，值得我一生用「血變墨水」來回報。

在臺灣，我們目擊身受，夏公的《中國現代小說史》發生了極大的影響，英文本出版以後，他的觀點已被文評家多次引用，中譯本出版以後，我和我的朋友們人手一冊。那些年，臺灣的作家不斷反思三〇年代左翼文學的局限，《中國現代小說史》幫助我們、引導我們完成了這種反思，找到了、或者說確定了新的路向。那時候，我們接觸到好幾位能破能立的文學理論家，臺灣的王夢鷗教授和紐約的夏志清教授能給我們特別的震動，這就是「緣分」。王老師比較客氣，立論高來高去，沒有明顯的針對性，夏老師點著名數說，我們就覺得自己很有悟性了。

在紐約，夏教授和夏師母都熱心支持華文作家的活動，只要他們出現，對這場活動就是最大的鼓勵。因此，我定居紐約以後常有機會接近。他的學問留給有學問的人去談，我來提供一兩條世說新語。

有一次文友集會，潘琦君女士在座。大家談到琦君的散文集正在暢銷，夏公為她寫過序文。於是夏公談興突發，以他一貫的語風說，我捧誰，誰馬上就紅。不料琦君的反應是，「我從來沒有紅過，也從來沒有黑過，我就是這個樣子，不需要別人捧。」滿座愕然，而夏公夷然，談笑自如。那些年，大英百科全書每年出版一個分冊，其中有一個條目，介紹這年臺灣最出色的作家，執筆人向夏公請教，夏公毫不遲疑，仍然告訴他「潘琦君」。

大家記憶猶新，為了《紅樓夢》，夏教授和唐教授發生一場激烈的筆戰，從臺北打到紐約。這兩位教授各有大群「粉絲」，如果戰火延燒，可能造成美東華人作家的分裂。這個憂慮，我對夏公說了，夏的表情是愕然。我也對唐公說了，唐的表情……我怎麼形容呢，可以說是欣然，兩人的風格差異，我留下深刻的印象。

書聲笑聲　再悼夏公

夏志清教授仙逝，悼念他的文章無所不在，我努力搜集，盡心閱讀。幾乎所有的文章都強調夏公愛說笑，認為夏公有「童心」，有「赤子之心」，「天真純潔」，是個「老頑童」。我想，赤子之心不等於童心，童心也不等於天真純潔，天真純潔也不等於頑童，人到了八十歲九十歲，別人還要說他天真純潔，哪裏是「褒詞」？他的老朋友跟他開開玩笑，原無不可，有人年齡比他低一輩，學問比他少五車，文章比他減八斗，也跟在後面老頑童長，老頑童短，失分寸了。

夏公是大學問家，通常，「學問也是一種階級」，學問大的人只跟學問大的人來往。夏公是大批評家，通常，大批評家只跟成就大、名氣大的作家來往。可是夏公不同，他打破階級藩籬，咱們「一般作家」跟他見面、跟他通信都不難，「一般集會」他有請必到，於是也就每會必請。他跟大家融洽相處，他在學術的圈子之外有很多「粉絲」，這一點，他很像胡先生胡適之。有學問的人很多，「這樣一個有學問的人」很少，我想這才是天生一個夏志清的特別意義。

夏公到了學術圈外，跟大家談甚麼才好？他不像某些學術權威，正襟危坐，一言不發，別人講話他也充耳不聞，然後抖一抖衣袖，不留下一片浮雲。他也不能談學問，座中人聽不懂，或者聽懂了據為已有，不但沒個「謝」字，他日相逢，鸚鵡一樣朝你秀一遍，炫耀他有「學問」。於是夏公說笑話，他在談笑間掌握全局，成為中心而又和悅可親。他那些引人鬨堂的笑料笑果，都是即時而生，因人取材，就地有效，你換了空間，換了對象，不能複製。這是夏公的大智慧，大修為，豈是「頑童」二字可以了得！

夏公編導的小小的鬧劇，每次都是渾然天成，別人難以言傳。我讀到的追悼文字，對夏公只能作出「幽默」、「機智」等等概括的論斷，不能記述過程。倒是有一件掌故，幾乎每一位追悼者都引用了，據說，當年夏教授與夫人王洞女士結婚，在紐約最大的旅館辦婚禮，身為新郎，他開了個玩笑：「這裏這麼漂亮，下一次結婚再來！」中國的名記者李懷宇曾經專程來美訪問華人學者，輯成《家國萬里》一書，他在訪問時當面向夏公求証此事，夏公回憶，他當時說的是「下次可以再來」，誤傳為「下次結婚可以再來。」不過夏公也表示，當時很熱鬧，很興奮，他也記不清楚到底說些甚麼了。

柯慶明教授有一篇文章：「夏志清印象記」，他表示，常言道文如其人，夏公例外，文章條理分明，談吐相反，我深有同感。夏公在宴會中喧嘩笑鬧，言不及義，高潮迭起，絕無冷場，人人皆大歡喜而一無所穫。我的一些文友，憑他偶然相遇，詫異夏公何以稱為大師，我告訴他，你若想得真傳，你得到哥倫比亞大學註冊上課，或者買他的著作勤讀，休想他在茶餘酒後奉送。夏公在象牙塔內憑他的學問得人「敬」，在十字街頭憑他的親切得人「愛」，這才是他了不起的地方，魚與熊掌不可兼得，得魚也是福分。

日前這些追悼文字都是即興反應，可以看做是新聞的一部份，必然另有許多文章從學術的角度談論他，那要等著看學報，等著看以後的紀念論文集。那時，夏教授勢將退回「象牙塔中」，那裏有他的神龕，我們跟他的緣份淺，我們某些人幾乎沒有認真讀他的書，當年從他那裏得到的啟發，也多半未能實踐，夏公無悔，我們有愧。這幾天我常想，如果有人問我，夏志清是怎樣一個人，我如何回答？難道說來說去，我們對他的印象只是個「老頑童」？

昭昭冥冥　三悼夏公

夏志清教授有福氣，高齡九十二歲，睡夢中安然長逝，因之，也就沒有臨終遺言。大家猜想他有沒有預立遺囑，即使有，大概也只是交代家事吧。如果有一篇公開的遺囑，他會怎樣寫？會不會有好事之徒上網捏造「夏志清的遺囑」？誰有這樣的才思識見，能想像虛擬？

世界日報記者曾慧燕女士訪問他，他說：「不要為我悲傷，我已經不朽」，這幾乎是他最後一句話了！「已經不朽」，大概是「在活著的時候已經進入古典」吧，這話充滿了自信，使我想起王陽明最後一句話是「此心光明，夫復何言！」自信的人內心充實，沒有臨終的痛苦，多數人在臨終時大都軟弱空虛，這才需要神父或法師來幫忙增加他的自信，渡過最後一刻。

不朽，那一種不朽？儒家說，事功、德行或學說連同你的姓名一併傳下去，有人記得，有人接受，千秋萬代。佛家說，人的言語造作是種了因，因產生果，果又成為因，即使秦始皇坑了那個人，燒了那本書，因果自動循環相生，也是萬古千秋。西洋文學的「古典」，與儒家的立言不朽近似。夏公著書立說，作育英才，無論從那個角度看，不朽當之無愧。

新聞報導，夏教授曾對夏師母說：「我累了，我要走了。」這分明是他留下來的最後一句話，「我累了」。使我想起《論語》：「以仁為己任，不亦重乎！死而後已，不亦遠乎！」為之肅然。

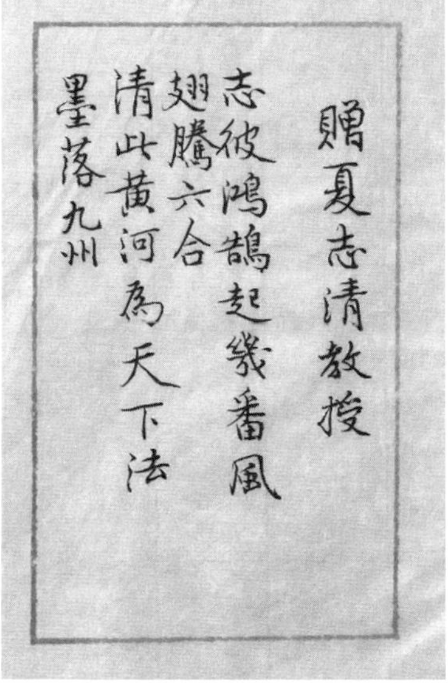

王鼎鈞為夏志清所作的嵌名聯。

「我要走了！」使我想起：「大哉死乎！君子息焉。」面部肌肉又放鬆下來。「讀聖賢書，所學何事！而今而後，庶幾無愧。」夏公雖然受西方文化浸潤，在這緊要關頭看出他的儒家情懷。

「我累了」，誠然，夏公對文化傳承有使命感，一生鑽研，一生傳播，一生堅持，他有「硯磨穿，鐵鞋踏破」的精神。他這種人永遠受累，永遠不覺得累，一旦「我累了」，那就是發出極有震撼力的預告。社會上有一種人和他相反，永遠不努力，永遠沒擔當，看花不澆花，摘果不種樹。「願為五陵輕薄兒 生在貞觀開元時。鬥雞走犬過一生 天地安危兩不知。」最後自稱瀟灑走一回，他的瀟灑是別人的沈重。看似不公平，但公平在人人心中，人心如秤。

夏公對宗教的批評很犀利，人所共知。我想起來，有一次，幾位作家在「憶湘園」和夏公餐敘，夏公說牧師都是騙子，他是在我離座洗手的時候才說，我是基督徒，他不知道我能承受多少，可見夏公練達人情。我回來入座的時候，座中一位文友用誇張的語氣說：「不得了，世界大戰要爆發了！」我問為什麼，「夏公說牧師都是騙子。」我說「騙」就是循循善誘，可惜牧師做不到，說話單刀直入，見面就告訴人家「你要下地獄」。世界大戰並未發生，（怎麼可能發生？）夏公的表情甚為讚許。

夏公說「我要走了」，使我想起這件往事。夏公談過生死的問題嗎？即使在分析文學作品的時候？「我要走了」，到何處去？黃泉無旅店，今夜宿誰家？高貴的生命是否應該有不滅的精神？對於我們尊敬的人，我們親愛的人，我們依賴的人，難道真的一把火了之？靈魂靈魂，既然有此一說，總會將信將疑（或將疑將信），總會患得患失，（或患失患得），千絲萬縷，那把叫做唯物的西洋劍豈能一下子斬斷？有神論無神論各有弱點，無神論的弱點，有神論可以補救，有神論的弱點，無神論不能補救。夏公夏公，天呼地應。夏公夏公，生英死靈。夏公夏公，昭昭冥冥。夏公夏公，行行重行。

王鼎鈞

一九二五年生於山東臨沂之蘭陵，歷經對日抗戰、國共內戰、台灣戒嚴、美國移民，自稱多難。少小立志寫作，在寫實、現代、各流派中勤奮鍛煉，出入報紙、期刊、廣播、電視各媒體，從新詩、小說、戲劇中汲取觀念技法，自稱多學。積六十多年之寫作經驗，出版作品四十五本，散文自有面貌，精神與日俱新，因多壽而多成。作品暢銷各地，近作回憶錄及日記尤其受人稱道。二〇一四年台灣國家文藝獎文學類獎項得主。

中國現代小說的史與學

向夏志清先生致敬

王德威

夏志清先生是中國文學研究界最重量級的學者之一。一九六一年，夏先生出版了英文專著《中國現代小說史》（*A History of Modern Chinese Fiction, 1917—1957*），為英語世界現代中國文學研究開下先河。一九六八年，夏先生再接再厲，出版《中國古典小說史論》（*The Classic Chinese Novel: A Critical Introduction*），又帶動古典文學界小說文本研究的風潮。以後多年夏先生著述不輟，其中精華在二〇〇四年彙編為《夏志清論中國文學》（*C. T. Hsia on Chinese Literature*）。歐美漢學界裏，以涉獵之廣博，影響之深遠，而又在批評方法上能自成一家之言者，夏志清先生可謂是第一人。

《中國現代小說史》自初版迄今已經五十年。半個世紀以來，現代中國文學研究因為夏先生和其他前輩的開拓之功，已經成為顯學。不僅學者學生對晚清、五四以降的各項課題趨之若鶩，研究的方法也是五花八門。儘管論者對夏先生的專書根據不同理論、政治、甚至性別、區域立場，時有辯詰的聲音。但迄今為止，仍然沒有另外一部小說史出現相與抗衡，則是不爭之實。

《中國現代小說史》的典範意義不僅在於夏先生開風氣之先，憑個人對歐美人文主義和形式主義批評的信念，論斷現代中國小說的流變和意義，也在於他提出問題的方式，他所堅持的比較文學眼光，還有他敢於與眾不同的勇氣，為後之來者預留太多對話空間。今天不論我們重估魯迅、沈從文，討論張愛玲、錢鍾書，或談中國作家文人的文學政治症候群、「感時憂國」情結，都必須從夏先生的觀點出發。有些話題就算他未曾涉及，也每每要讓我們想像如果有先生出手，將會做出何等示範。

《中國現代小說的史與學》希望在夏先生專著的基礎下，呈現新世紀裏現代中國小說研究的動向。這本論文集分為兩輯。第一輯對《中國現代小說史》成書的時代氛圍，研究方法和歷史意義做出回顧，並且旁及夏先生的兄長夏濟安教授（一九一六—一九六五）對現代文學批評的貢獻。夏氏昆仲不只學問傑出，在一九五〇、一九六〇年代政治風浪左右夾攻時，他們所顯現的獨特立場和風骨也一樣值得敬重。濟安先生英年早逝，是學界的重大損失。

本書第二輯則呈現中國現代小說研究在英美、大陸、香港、臺灣的最新成績。從魯迅到張愛玲，從沈從文到錢鍾書，幾乎所有夏先生當年曾論及的大家都包括在內，而且呈現出不同的批評看法。夏先生當年因為種種原因未曾在《中國現代小說史》內探討的作家，如蕭紅、白薇、端木蕻良等，或未曾觸及的流派，如鴛鴦蝴蝶派小說，也都有了專章討論。此外，夏先生也曾對晚清小說的研究開風氣之先，影響所及，我們今天論現代文學的起源，皆不能不提五四之前二十年的風雲變幻。夏先生對海外及臺灣文學的關懷其來有自，本輯內也收入兩篇論文，專論白先勇、朱天文等的成就。由是從世紀初到世紀末，夏先生心目中的二十世紀中國小說「大傳統」（Great Tradition）更加完備。

本書各篇論文的撰寫者有夏先生的門生友人、再傳或私淑弟子，也有濟安先生的學生和故舊，還有與夏先生時相往來的大陸、臺灣、香港等地傑出學者。值得一提的是，半數以上的學者都畢業自哥倫比亞大學東亞系；哥大是夏先生曾經任教三十年的名校，也是夏先生的學術發揚光大的重鎮。各篇論文的作者也許未必完全遵照夏先生的觀點，但他們所念茲在茲的是文學的「史」與「學」之間的關係，以及文學所顯現的人文精神脈絡，仍與先生一脈相承。

目前西方學院裏的現代中國文學研究仍然充斥偽科學化的話語；種種「後學」、「批判」的聲音無非與西學主流唱和——儘管中國正在或已經「崛起」。而安享資本主義學院終身俸的左派學者們不時遊走世界，指點海內外的革命方向，尤其令人嘿然以對。對此夏先生是過來人。他曾經在五十年前應用過當時西方最流行的批評話語，也曾經廁身一九六〇、一九七〇年代文學和政治。不同的是，他對文學作為自己治學的本業，從來懷抱虔敬之心。比起迫不及待的談「越界」跨行、談「干預」現實的同行，夏先生有所不為的立場反而歷久彌新。不少他的批評者自命走在時代前端，對他的研究或政治理念呶呶不休，但又有多少真能像他那樣擇善固執，發出「真的惡聲」？

本書的完成有賴所有論文撰寫者的熱烈支持，他們是我最要感謝的對象。沒有他們諸位的支持，本書無從問世，謹此亦深表謝意。

夏志清先生好詼諧、好朋友、好美食、好老電影，處處與人為善，常懷赤子之心，提攜後輩尤其不遺餘力。與先生相近者則知道他對學問的專注認真近乎嚴厲，對人情世故的看法洞若觀火。他的生活其實有太多不足為外人道的波折，但他對生命的熱切信念未嘗稍息。夏師母王洞女士襄助夏先生數十年如一日，甘苦備嘗，堪稱是「夏志清的世界」中的靈魂人物。本書出版適逢夏先生九十華誕，我們謹以此書，為先生伉儷雙壽。

（本文為《中國現代小說的史與學》一書的出版序文，寫在夏志清先生九十華誕之際）

王德威

臺灣大學外文系畢業，威斯康辛大學麥迪遜校區比較文學博士，現任哈佛大學東亞語言及文明系Edward C. Henderson講座教授。著有《從劉鶚到王楨和：中國現代寫實小說散論》、《眾聲喧嘩：三〇與八〇年代的中國小說》、《閱讀當代小說：臺灣・大陸・香港・海外》、《小說中國：晚清到當代的中國小說》、《想像中國的方法：歷史・小說・敘事》、《如何現代，怎樣文學？：十九、二十世紀中文小說新論》、《眾聲喧嘩以後：點評當代中文小說》、《跨世紀風華：當代小說二十家》、《被壓抑的現代性：晚清小說散論》、《現代中國小說十講》、《歷史與怪獸：歷史・暴力・敘事》、《如此繁華：王德威自選集》、《後遺民寫作》、《一九四九：傷痕書寫與國家文學》、《茅盾，老舍，沈從文：寫實主義與現代中國小說》等。二〇〇四年獲選中央研究院院士。

追懷夏志清

鄭培凱

（一）

驚聞夏志清先生於二〇一三年十二月二十九日在紐約過世了，享年九十二歲，不禁讓我想到和他相處的點點滴滴。他於一九二一年生在上海，與他最不喜歡的中國共產黨不但同齡，還誕生在同地，也算是冤家聚頭了。一九四七年他負笈留美，到耶魯大學讀研究院攻讀博士，從此羈留在美國。一直到逝世，大半生的時間都生活在紐約，在哥倫比亞大學教書到退休，終其身沒受到共產黨的管治，是他經常感慨慶幸的。余生也晚，到了一九八〇年代初，到紐約教書之後，才真正認識了夏先生，有一段時期交往還相當頻密，時常受邀參加各種學術與文藝活動。偶爾有朋友自遠方來，也會藉機安排飯局，天南地北的，閒聊一個晚上。

最早見到夏志清先生，我是坐在臺下的聽眾，仰望著從美國來臺灣講學的教授。那是一九六八年那個學年，我在臺大外文系讀大四，上學期還是下學期，記不清楚了。那時我對臺大外文系的教學方向不滿，轉而攻讀歷史，大部份時間都花在選讀歷史系的課程，對本系的活動不太熱心。但是，聽說夏濟安教授的弟弟、在哥倫比亞大學教書的夏志清造訪臺灣，要到文學院來演講，由外文系主辦，還是感到很興奮，興沖沖地去聽演講。夏先生那時四十多歲，舉止卻年輕得多，給我的第一個印象是好動，坐不住。講話的時候眼睛睜得很大，喜歡左顧右盼，好像孩童進了遊樂園那樣，覺得一切都新鮮，對世界充滿了好奇。他說話的口音很重，一口上海腔，連英文發音都像上海話。事後就有同學表示失望，說夏先生的演講聽不懂，不知所云，不但英文發音不正，而且思緒跳躍，一句話還沒講完，就講到別的議題上，連句完整的句子都沒有。同學的抱怨還算含蓄，但言下之意很清楚，沒明白說出來就是了，以臺大外文系的要求而言，夏先生講的英文是 broken English。

現在回想起來，那位同學的抱怨雖然只是皮相之見，卻觀察得沒錯，點到夏先生說話的特色。我後來跟他熟了，發現他講話的習慣，時常是前言不搭後語，但是那「前言」與那「後語」之間，卻隱藏著邏輯的聯繫，只是跳過了一大段平常人話語溝通的方式，以傳統小說的「草蛇灰線」手法，三級跳似的，從一個語境跳到另一個語境，又再跳到似乎完全不相干的語境。別看他跳啊跳的，你得學著知道他跳躍語言的所指，經常是在追尋一個深層的概念，在他腦子裏剛成型，感覺到自己想講的意念，然而思緒飛奔向前，語言還跟不上，只好不顧語法的規則與慣例，一逕跳上前去。習慣了他說話的方式，跟他聊天還蠻有趣的，其中充滿了自由聯想的挑戰，要學會讓思緒在雲端翱翔，同時還得博聞強記，廣涉中外文學的知識與典故，才能舉一反三，知道他陳述的旨意，可以聽到一些深刻而精闢的見解。

其實，他一旦撰文寫書，就在書寫敘述時，以邏輯嚴密的論證，把跳躍的思緒，有根有據地連起來，好像用一根堅實的絲線，串起了一顆顆耀眼的珍珠。有的人覺得夏先生不可思議，文章寫得如此理據分明，清晰條暢，怎麼說起話來顛三倒四呢？我推想，他的思緒轉動得太快，嘴巴不肯停下，卻又跟不上，就出現了「前言」與「後語」搶鬧的現象。拿香港人熟悉的賽馬作比方，就是有十來匹「前言」與「後語」同場比賽，同時飛奔向前，有時「後語」跑到了「前言」的前面，講出來的話就前後顛倒，甚至顛三倒四，讓人一頭霧水。我後來跟他熟了，有時一同出席演講或座談的場合，總是他作為頭號嘉賓先講，然後我接著講。一般的情況總是，他講得激昂慷慨，甚至手舞足蹈，滿口上海口音的國語，如連珠炮射出，其中還夾雜著些英文炮彈。他講完之後，你可以從聽眾滿臉迷惑的表情得知，人人如墜五里霧中，的確是聽到一些高深的文學詞語滿天飛翔，卻不知他在講什麼。夏先生講完坐下，環顧左右，看看沒有反應，有點落寞。我接著講之前，總會花個三五分鐘，簡單扼要地重述夏先生所談的重點，就看見他坐在那裏頻頻點頭，有時還伸手指點，說就是，就是。會後他經常拉著我說，你看，我這個腦子轉得太快，太靈光，嘴巴跟不上的。我就安撫他說，你是天才型的腦子，語言當然跟不上，沒關係的。他就拍拍我肩膀，咧開大嘴，哈哈連聲大笑，像孩子一樣天真可愛。

（二）

我和夏先生熟識，成為忘年的莫逆之交，是在一九八三年。這之前，我讀過他的《中國現代小說史》及《中國古典小說》，對他的學問十分欽仰，尤其感到他評論古典小說的思路，從文學藝術的本質出發，別出心裁，凌駕了過去的考據式研究，是大手筆。然而，對他在討論中國近代小說流露的強烈反共意識形態，卻不以為然，覺得討論文學，應該以書中主脈標榜的文字藝術為評論基調，不必隨時摻入意識形態化的反共評論。全書貶低魯迅、茅盾、老舍、巴金，突出張愛玲、錢鍾書的文學成就。一方面讓我覺得有其特識，捍衛了文學是文學藝術的追求，不是服務社會的政治工具；另方面卻又讓我感到以左翼右翼的立場來劃分文學成就的高低，未免充斥了過度的意識形態考量。最讓我不滿的，是他對吳組緗短篇小說的評價，既然承認了文字技巧與故事結構都屬上乘，又說人物的刻畫與象徵的運用都恰到好處，怎麼評論《天下太平》那篇小說的時候，因為結尾寫了當地農民暴動，就一棍子打死，說是故事受到無產階級革命理論的影響，是篇共產意識形態的產物，算不上好作品呢？我當時還是耶魯大學的研究生，初生之犢不畏虎，放下了自己的研究計劃，寫了一篇很長的學術論文，駁斥夏先生論述邏輯自相抵牾之處。

一九八三年，我參加印第安那大學舉辦的第一屆國際《金瓶梅》研討會，從紐約飛往印第安納波里斯機場，和夏先生同機。到達印第安納波里斯機場，會議主辦者是一位年輕的助理教授R，親自開車來接，對夏先生畢恭畢敬，我也因此沾光，乘坐R的新車，開了四十分鐘，把我們送到大學所在的Bloomington。一路上聊天，只是平常寒暄，說到他去年剛拿到博士學位，得到印第安那大學的教職，是系裏最年輕的助理教授，講授中國小說戲曲課程。夏先生說R年輕，問他結婚沒有？答是在臺灣留學時娶的中國女子，非常漂亮。夏先生開始刨根問底，問人家幾歲，發現中國太太年紀比R大九歲，就說，這樣不好，女人年紀大，很快就老了。R立刻反駁，說你沒看過我太太，不知道她有多麼美，多麼優雅，多麼年輕，我今年三十歲，她三十九，卻看起來像二十歲的模樣。夏先生居然給他頂回去，說女人會打扮的，你現在看不出來，很快她就變成老太婆（他用的字是old woman），你就不要她了。R臉色發青，不再回答，一路悶聲開車。夏先生沒事人似的，跟我閑聊起來。我才認識到，夏先生是如此的口無遮攔，而且直不籠統的，像五六歲的小孩東問西問，不分輕重，似乎完全不通人情世故。

在研討會上，R發表了一篇長達三四十頁的論文，特別安排夏先生作為這篇論文的講評，一看就知道，是想借著夏志清這陣東風，把他吹上學術的雲霄，讓他奠定在學校的學術地位。我讀了他的文章，覺得論點支離破碎，論據又不足，根本沒有掌握《金瓶梅》的文字風格，卻大言不慚，上升到理論層次，探討中國傳統章回小說的普世意義。R給夏先生留了二十分鐘的評論時間，好讓他盡情發揮，沒想到夏先生毫不留情面，從論文的觀點、結構、論據，一一作出嚴厲的批評，指出文章的漏洞與論述的謬誤，是篇站不住腳的研究。他的論析清楚明白，鞭辟入裏，與平常講話的顛三倒四大異其趣，倒是像外科醫生手裏拿著手術刀，在那裏進行手術，一絲不茍，程序分明。他的講評顯示了淵博的學識，讓所有人為之折服。我還感到他對學術的執著與專注，就事論事，就學問談學問，為了捍衛學術的嚴肅性，完全不考慮人情與面子。R從此就像打了霜的菜葉，眼神都迴避我們，不再殷勤地跟隨夏先生左右。

在研討會期間，夏先生把孫述宇和我叫到一塊，說，我們是老中青三代，「耶魯三劍客」，以後要多聚在一起，跟大仲馬筆下的三劍客一樣。我說，人家是兄弟論交，我們是三代論交，長幼有序的。夏先生說，管他的，我們喜歡就好。孫述宇聽了，不停的笑。從此，我和夏先生成了好朋友，關係在師友之間。他視我為小友，我視他為前輩，但是他總是要提起耶魯學風，喜歡說我們是前後同學。我得時常提醒他，我們入學的時間相隔二十多年，他是屬於老師輩的，我是後生小子，望塵莫及的。他就會哈哈大笑，說，一樣的，一樣的。我到今天還沒弄明白，「一樣的」是什麼意思。

願夏先生在天國，跟他推崇的文學家聚首，見了面，都是一樣的。

（三）

夏志清在世的時候，有些經常掛在嘴邊的讚歎詞語，你要是初次乍聽，會以為他是遇上了天大了不起的人或事，曠世難逢，才使他發出由衷的感歎，使用最高級的極端讚譽。他也會發出極端貶斥的詈罵，讓人以為他遇到了人神共憤的惡跡，痛心疾首，不共戴天，才使出言語中最凌厲的殺人刀。他會說你偉大，說自己永垂不朽，說同桌吃飯的女士美若天仙，說某作家是流氓。跟他不熟的，聽了一愣，以為他發神經，甚或以為他使用文學修辭的反諷，似正實反，或似反實正。習慣了他說話的方式，你就知道，他只是想表達點意思，有如說好好好，謝謝之類，並不想驚世駭俗。那麼，為什麼動輒就是極端用語，不分場合，不分等次，誇就誇到極致，貶就貶下地獄，讓人聽得發愣呢？我有時就跟他說，講話要小心點，褒貶要得宜，以免引起誤會，解釋都解釋不清楚。他就說，沒辦法啊，腦子轉得太快，嘴巴跟不上，卻又急著要說，一說出來就是最極端的形容詞語。腦子跟嘴巴聯繫的那根線，傳速不夠快，沒辦法，管不住的。

有一次請他吃飯，上了一道樟茶鴨，他夾了一筷子，還沒吃呢，就說，啊呀，這道菜是天下第一，你偉大，你偉大。我就說，夏先生，您還沒嚐呢，怎麼開口就讚，這不是像讚美某某的小說天下第一，其實連第一章都還沒讀，就寫評論，推崇為天上絕無、世間僅有嗎？他夾著鴨腿的筷子還停在半空，連珠炮似地辯說，不一樣的，絕對不一樣的，交關不一樣的。我看一眼就知道，這道樟茶鴨就是交關好，鴨肉紅紅的，散發無比的芳香，絕對是天下第一，偉大，偉大。跟他熟了，碰到這種場合，我總要逗逗他，讓他盡情發揮天馬行空的聯想，說出你意想不到的議論。有時你就覺得，夏先生像小孩一樣，沒什麼心機，也沒什麼特別的意思，只是念頭一動，嘴巴就說，說完就忘了。

還有一次，我們一道吃飯，長幼咸集，有人拿出一張當天的《世界日報》，說你們看，這裏登了一張林青霞的泳裝照，大美人第一次穿泳裝拍照，多美啊。我去國太久，又長期沉溺在圖書館的番書與古籍之中，十幾年沒看過華語影片，就愣愣地問，誰是林青霞？惹得哄堂大笑，夏先生就說，你實在不偉大，簡直就是孤陋寡聞，沒有基本常識，連第一大美人林青霞都沒聽過，不配當大學教授。多少年後，我在香港遇到林青霞，跟她說了這段故事，她只是輕輕一笑，大概覺得我們這些書呆子的笑話實在不怎麼好笑。

夏先生晚年常說自己偉大，寫了偉大的著作，要永垂不朽的。這倒不是亂講，是他的由衷之言。夏公仙去，永垂不朽。

鄭培凱

臺灣大學外文系畢業，耶魯大學歷史學博士。曾任教於紐約州立大學、耶魯大學、佩斯大學、臺灣大學、新竹清華大學，現為香港城市大學教授。學術興趣環繞文化史、藝術思維及文化美學，文藝創作以現代詩及散文為主。著有《湯顯祖與晚明文化》、《在紐約看電影：電影與中國文化變遷》、《新英格蘭詩草》、《也許要落雨》、《從何說起》、《真理愈辯愈昏》、《樹倒猢猻散之後》、《游于藝：跨文化美食》、《吹笛到天明》、《流觴曲水的感懷》、《行腳八方》、《茶香與美味的記憶》、《迷死人的故事》、《雅言與俗語》、《品味的記憶》等三十餘種。

抖抖擻擻過日子

夏志清教授和《中國現代小說史》

李渝

夏志清教授的經典名著《中國現代小說史》，一九六一年出版，中文譯本一九七九年出現。書以三〇年代作家為評論的主要對象，也寫到四〇年代的張愛玲。中文版中，在附錄裏則延伸到五〇年代的姜貴。

夏先生有嚴謹的英國文學訓練，能用比較文學的廣角來看中國小說，提出更接近文學性的而非政治性的看法。眾作家中魯迅被列為開章第一人，可見夏先生對魯迅的重視。夏先生認為魯迅所運用的小說形式，要比同時代其他作家複雜得多（《中國現代小說史》，三十三頁）。在最佳作品中，屢見坦誠（三十三頁），並且認為收集在《吶喊》中的〈祝福〉、〈在酒樓上〉、〈肥皂〉，和〈離婚〉是「小說中研究中國社會最深刻的作品」（三十五頁）。總的來說，夏先生認為「魯迅的值得重視，並不在於他率先以西洋文學的風格和寫作技巧，從事小說的創作；而在於他的現代觀念，憑著他敏銳的觀察和卓見，把中國社會各階層的腐敗，赤裸裸的表現出來」。（中譯本，四百六十五頁）

從這段評論，在大部分同意夏先生關於魯迅的論點時，這裏或許也可以說一說不盡同意的地方。就以前段引言為例，如果把句中說到的寫作技巧視為書寫藝術或敘述風格，而對社會的敏銳觀察簡稱為社會意識，夏先生對魯迅的推崇顯然著重於社會意識，而非敘述風格。然而，魯迅同時代作家人人皆有社會意識，魯迅之能出類拔萃，光照二十世紀文學，似乎更在於他對漢語之為文學語言的經營；沒有一個小說家能夠像魯迅這樣重視語言，營作語言，操練語言如同淬煉寶劍，而語言一旦淬煉成功，運用在手也如同一把寶劍。二十世紀中文小說家能訴說時代故事的不少，有意識的創立了時代語言的，唯魯迅一人最成功。

夏先生對魯迅重視，未必就是欽慕，小說史中評論魯迅，尤其談到後期魯迅時，往往透露著反感。例如夏先生說，魯迅「不能從故鄉以外的經驗來滋育他的創作，是他一個真正的缺點」（四十頁），也說到：「他在一九二九年向共產黨陣營投降……」（四十三頁），並且認為「大體上說來，魯迅為其時代所擺布，而不能算是他那個時代的導師和諷刺家」（四十六頁）。導師是別人封給魯迅的，諷刺文非魯迅致力的題目，而且，魯迅似乎也不是一位和「投降」、「擺布」這類辭彙有關的作家。不過這些都不太重要。提出小說家應該不應該以故鄉以外的經驗來滋育創作，倒是一個比較有意思的題目；猜想這是作者的一個選擇，而非缺失。曹雪芹的《紅樓夢》，法國作家普魯斯特的《追憶似水年華》，不各自都是作者的故鄉經驗嗎？一個故鄉的經驗，有時候小說家用一輩子的時間來瞭解，可能都還不夠呢。

可是在許多貶詞中，夏先生對魯迅卻提出了前人和後人都無法具有的一個真知灼見，那就是，夏先生提用了二十世紀英語系傑出小說家喬伊斯和海明威，來並論魯迅，把魯迅的最好的小說，例如〈故鄉〉、〈社戲〉、〈祝福〉、〈在酒樓上〉，和喬伊斯的《都柏林人》相比，把〈孔乙己〉的「簡練之處」和海明威的《尼克、亞當斯的故事》相比。這樣的比較，驟然使作品從民族、國家和社會意識的拘束中解放，倒是來到了文學的原屬地，魯迅被放在了世界文學的版圖上，而成為一種對等的地標。如果我們以夏先生的提示為指引，進一步閱讀三位小說家的作品，可真會讀到齊美兼善的段落；例如魯迅寫在〈故鄉〉裏的最後一段，當敘述者回到故鄉，經過一段悲傷的認知過程以後，必須再離開故鄉，重新上船，在艙中聽水聲潺潺流動時，魯迅重複使用了「生活」兩字，造成了一種幾近水聲的極為抒情的滾動音效：

「……然而我又不願意他們因為要一氣，都如我的辛苦輾轉而生活，也不願意他們都如閏土的辛苦麻木而生活，也不願意都如別人的辛苦恣睢而生活。他們應該有新的生活，為我們所未經生活過的。」然後魯迅寫出了現代中文小說和散文中最知名的句子：「我想：希望是本無所謂有，無所謂無。這正如地上的路；其實地上本沒有路，走的人多了，也便成了路。」

在《都柏林人》中的最後一篇〈逝者〉的最後一段，晚飯以後，主人公蓋博瑞爾送完客人，獨自站在屋內窗前，看見窗外下雪了。這裏，小說家喬伊斯寫出了著名的「細雪落在愛爾蘭」的優美段落——「是的，報上說得不錯，全愛爾蘭都在下雪。雪落在陰黯的中央平原的每一片土地上，落在光禿禿的小山上，落在沼澤裏，再往西，輕輕落在澎湃著的黑色的河面上。落在山坡山上那安葬著麥可福瑞的教堂的墓地裏，落在歪歪的十字架和斜斜的墓碑上。落在園門上的小小的尖塔上，落在荒蕪的荊棘叢中。」然後，和〈故鄉〉的結束對等的，接著也出現了英文現代小說裏的人人皆知的名句：「他的靈魂緩緩入睡，當他聽著那雪花，穿過宇宙，細細的在飄落，如同他們最終的結局，細細的飄落在生者和逝者的身上。」

這麼讀著，我們實在要為這樣的小說家而動情。和我們的現在不同，這是一個文學依舊能感動人的時代，而卓越的小說家如魯迅、如喬艾斯，在文字的精準細緻上，在壓抑的平淡，在有意的不動聲色中，透露著某種深沉的憂鬱和抒情上，依舊能和星斗一般，在各自的位標上發揮著文學的光芒。從這樣的比較，我們可以說，夏先生對魯迅恨鐵不成鋼，其實是把他看成世界第一流的。

遇到張愛玲，情況真不同，夏先生提攜張愛玲成為二十世紀中文重要作家已是文壇的美話。張愛玲也真幸運，一生遇到兩個知心的男人，一是胡蘭成，一是夏先生，而夏先生又怎能是胡蘭成能比的；他從來不曾對張愛玲負心過。

夏先生對張愛玲的評論眾所周知，不須這裏再重複。由夏先生指出的幾個張愛玲的特色，例如，意象運用的細膩豐美，對人情世俗的熟澈瞭解等，都是後來的張愛玲研究藉以發展出豐滿局面的基石。

書中三次把張愛玲和十九世紀俄國小說家杜斯妥也夫斯基同列，倒是我也有些不同意的地方。這三次，一次是以〈金鎖記〉中女主角曹七巧在煙榻上回憶少女時的風光時，夏先生把張愛玲的描繪技術和杜氏的描繪能力相比；第二次是把〈茉莉香片〉中聶傳慶的暴力虐待母親舊情人的女兒言丹珠，和杜氏的《地下室手記》中的男主角拒絕一個善心的妓女相比；第三次，是評完張愛玲的《秧歌》時，引用杜氏用在《卡拉馬助夫兄弟》裏的《聖經》中的麥子不死的名句，來涵蓋《秧歌》。但是，作家們有時段落和構局偶然類同，若是氣質不同，恐怕仍是不同的。簡單的來說，杜氏寫的是在慘澹的處境中的人的尊嚴，張愛玲寫的是在慘澹的處境中的人的墮落，二種截然而異。從這一點延伸，因此我也不太同意把〈金鎖記〉看成是有史以來最偉大的中文中篇小說。〈金鎖記〉前半寫得囉哩囉嗦，模仿《紅樓夢》，後半的確精彩，勝過其他中篇，但是它是一篇優秀的小說，寫得很好的小說，離偉大似乎還有一段距離，如果我們以杜氏的《罪與罰》、《白癡》等為參考的話。

《中國現代小說史》對張愛玲和魯迅的待遇何其不同；這種選擇也許和兩件事有關，一是夏先生平生十分一致的反共立場，一是因為在此書書寫時間，魯迅正遇到非理性的政治崇拜，張愛玲卻正被不公平的忽視著，而夏先生同情弱小、打抱不平、糾正誤謬，其實是頗具有超時代性的意義、反潮流的精神的。

但是夏先生最超越時代、最見人所不能見，也是讀者的我最同意、最心儀、念到這裏最開心的，是對沈從文的評解，和提用了一篇二十世紀中文小說，或者世界小說的傑作——沈從文的〈靜〉。

夏先生認為沈從文的重要性，不在他的批評文字和諷刺作品，不在他的純樸，不是他對人類精神價值的確定，而是他「豐富的想像力和對藝術的誠摯」（一百七十五頁），這可說是一語中的，點到了文學品質的關鍵。夏先生在沈從文身上頗費筆墨，討論了整整的一章，後來在〈附錄二：

現代中國文學感時憂國的精神〉中文再談到他。夏先生說，「沈從文並不是一個一切唯原始是尚的人，更不是一個情感用事，好迷戀過去，盲目拒絕新潮流的作家。雖然他有些作品是可以稱為牧歌型的，但綜觀其小說文體，不但寫到社會各方面，而且對當時形勢的認識，也非常深入透徹。他的作品顯露著一種堅強的意念，那就是，除非我們保持著一些對人生的虔誠態度和信念，否則中國人——或推而廣之，全人類——都會逐漸的變得野蠻起來。因此，沈從文的田園氣息，在道德意識來說，其對現代人處境關注之情，是與華滋華斯、葉慈和福克納等西方作家一樣迫切的」（中譯本，一百六十二頁）。

將沈從文與福克納同列，比前篇把魯迅跟喬伊斯比還更石破天驚；福克納是二十世紀世界文學最難懂最深沉最傑出的小說家。夏先生提出的實例是沈從文寫在〈蕭蕭〉裏的蕭蕭，和福克納寫在《八月之光》裏的 Lena Grove：「兩人同是給幫工誘姦了的農村女，可是兩人人格之完整，卻絲毫未受損害。由此看來，沈從文與福克納對人性這方面的純真，感到同樣的興趣（並且常以社會上各種荒謬的或殘忍的道德標準來考驗它），不會是一件偶然的事。他們兩人都認為，對土地和對小人物的忠誠，是一切更大更難達到的美德。是慈悲心、豪情，和勇氣的基礎。」（一七五頁）

由夏先生提出的沈從文的特性和成就，正結晶在短篇小說〈靜〉中。〈靜〉寫的是一個十四歲的小女孩岳珉，和母親、嫂嫂、表姐、小表弟，還有家中其他人一起逃難的故事。他們在一個小鎮暫時停腳，一邊略作休歇，一邊等待在某處戰場上作戰的父親捎來消息。重病的母親躺在樓下的床上，岳珉沒事，一個人爬上了後樓屋頂的曬臺。從曬臺上望出去，她看到了暖暖的陽光，粼粼的河水，青青的草原，天上飛著風箏，三兩匹馬閒吃著草，幾處種著黃橙橙的油菜，菜園籬笆上開著桃花，染坊的白白的布條在微風裏掀打。還有小尼姑拿了籃子來到水邊洗菜，和小丫頭翠雲坐在灶口板凳上偷偷用無敵牌牙粉當水粉擦著臉。對河傳來打舡的聲音，賣針線飄鄉的搖小鼓的聲音。

小女孩的世界在曬臺上提升，祥靜又美麗，更接近憧憬或美夢，可是母親在樓下咳著血，戰爭正在進行，而每人焦心等待著的父親卻已在某處陣亡。小說以這樣震撼人的句子結束：「日影斜斜的，把屋角同曬樓柱頭的影子，映到天井角上，恰恰如另外一個地方，豎立在她們所等候的那個爸爸墳上一面紙制的旗幟。」

在〈靜〉裏，如夏教授指出的，卓越小說家沈從文和福克納一樣，起用了日常的生活節奏來載負生命的洶湧危機，用對天真無邪的不移的信念，迎接了人間的荒蠻。

一九六〇年代，沈從文正處在生命中最暗淡的時期。他已經被打為右派，小說是早不寫了，文革一旦到來，就要被驅趕到博物院的荒地上去拔草，而他很快也就要面對接續而來的兩次自殺。夏先生這時能識出沈從文，實在是具有著超俗的文學鑒賞力和說真話的勇氣。畢竟在八〇年代沈從文獲得了遲來的認可。

《中國現代小說史》寫完後，夏先生胸懷大志，像在中文版自序中所說的，原來還要繼續寫三本大書：《抗戰期間的小說史》、《晚清小說史》，和《紅樓夢之後和文學革命之前的中國長篇小說史》。這三本書若能寫成，中國近、現代小說二百年發展史必將能獲得全盤性的析解。以後夏先生雖然仍有許多長短評論文字，現在都收集在二〇〇三年由哥倫比亞大學出版的文集：*C.T. Hsia on Chinese Literature* 中，然而這三本通史性的大書並沒有出現。

這麼用功，這麼以著述為志業的人，為什麼不寫了？原因在哪裏？夏先生在中文版序言中說到了一些：「圈內人都知道，我生活上起了變化，家事分心，從事專著的寫作比較困難。」

圈內人知道的是什麼？是夏先生和夫人有位需要特別照顧的女兒。讓人分心的家事是什麼？在夏先生的散文集《雞窗集》裏，寫在〈歲除的哀傷〉中，有一段文字，具體的說出了它：

「今年（一九七九）元旦，有位主編從臺北打電話來同我拜年，同時不忘催稿。拿出舊稿重讀一遍，覺得這次聖誕假期，更不如往年，更沒有時間作研究、寫文章。自珍（注：夏先生和夫人的愛女）即要六歲了，比起兩年前，並沒有多少進步。這幾天她白日睡，晚上起來，餵飽後，就要我馱她，一次一次馱著下樓梯到底樓門廊空地去玩。她騎在我肩上，非常開心，只苦了我，多少該做的事，永遠推動不了。馱她時當然不能戴眼鏡。昨夜大除夕，美國人守歲，少不了喝酒。有人喝醉了，在靠近大門前吐了一地，我看不清楚，滑了一跤，虧得小孩子未受驚嚇。二人摔跤，我左掌最先著地，承受了二人的重量，疼痛不堪。虧得骨頭未斷，否則大除夕還得到醫院急診室去照X光，上石膏，更不是味道。我用功讀書，數十年如一日，想不到五、六年來，為了小孩，工作效率愈來愈差，撫摩著微腫的左掌，更增添了歲餘的哀傷。」（《雞窗集》，九十九頁）

對盡了所有力量，仍舊無能為力的父母親來說，這生命的遺憾，隨著時間的過去，只怕是越發的揪心吧。

在這裏，也許我們可以離開文學，說到一些別的事，這些事似乎和文學無關，但是如果把文學看成是某種生活的歷驗，對生命的認識或瞭解，那麼它們似乎又和瞭解文學有著緊密的關係。

二〇〇四年九月十九日的《紐約時報》星期日週刊上，有一篇訪問今年一月以九十高齡去世的美劇作家亞瑟．米勒的文章。在它結束的地方，訪者和被訪者談到作家和作品時，米勒說，時間過去，怕是誰都不會記得他的。世界上百分之九十九點九九的作品，米勒說，都會被人忘了的。一個時代常有數不清的重要作家，然後這些作家又統統都不見了——「歷史是一頭巨大的怪獸，牠扭一扭，便把身上什麼都甩掉了」。

米勒說的這一頭巨獸是歷史，也是生活，生活甩一甩，扭一扭，也是會把什麼都給甩掉抖掉的，它要是再興一點風，作一點浪，就會更叫你吃不消。和生活比，文學算得了什麼，著作算得了什麼；在生活這一頭巨獸甩動牠那荒蠻的身軀時，怎麼依舊正正常常，抖抖擻擻的過日子，才是最重要的，才是更難的。

在我認識或接觸的人中，沒有人比得上夏先生和夫人這麼精神，這麼振作的。每次見到他倆，總是看見他們打扮得整齊又漂亮，人高高興興、親親切切。他們總是不吝嗇的稱讚誇獎周圍每個人，把笑聲帶給大家，把氣氛引向忘憂的高點。這歡欣的底下不是沒有憂愁和悲傷，挫折和失落的。可是，就像沈從文的蕭蕭，像那〈靜〉中的小女孩岳珉，夏先生和夫人用一種不能更自然的更正面的身體力行，依舊把日子處理得興興致致的。生存雖然有著悲情，生命卻不必悲哀。在這裏，也許我們可以回到前邊引用的，夏先生用來評讚沈從文的句子，但是將它改動一、兩個辭彙，卻用回到夏先生的身上；與其使用「對土地和小人物」，這裏改成，「對生活和生活的細節」。於是「對生活和生活裏的瑣瑣碎碎的細節——例如戴一條領帶、吃一顆維他命、會一位朋友——的忠誠，是一切更大更難達到的美德，是慈悲心、豪情和勇氣的基礎」。

夏先生的文學評論著作，讓人學到很多專業上的知識。他的待人接物和自我持守，更讓人學到了一種瞭解文學而必不可少的對生活的認識，和迎接生命的精神。

李渝（一九四四—二〇一四）

臺灣大學外文系畢業，柏克萊加州大學中國藝術史博士，曾任教於紐約大學東亞系。一九八三年以《江行初雪》獲時報文學獎小說首獎。著有小說《溫州街的故事》、《應答的鄉岸》、《夏日踟躇》、《賢明時代》，長篇小說《金絲猿的故事》，藝術評論《族群意識與卓越風格》、《行動中的藝術家》，畫家評傳《任伯年——清末的市民畫家》；譯有《現代畫是什麼》、《中國繪畫史》等，二〇一三年的小說集《九重葛與美少年》，收錄一九六五年至今作品。

《金縷曲》藉申悼念之情

葉嘉瑩

驚聞夏志清教授逝世，擬出紀念專刊來函徵稿，倉促間未能撰寫新作，謹寄上舊作為夏公八十壽誕所撰之《金縷曲》小詞一闋，藉申悼念之情。

葉嘉瑩於天津南開大學，二〇一四·一·八

金縷曲

辛巳之春，予應邀至哥倫比亞大學客座講學。抵達紐約後，東亞系主任王德威教授邀宴相聚，座中得見夏志清教授。予與夏公在二十世紀六〇年代中期曾於百慕大及貞女島兩次中國文學國際會議中相晤，此次再度相逢，夏公告我其八旬壽辰甫過，向我索詞為祝，因賦此闋。

八十稱眉壽。

看筵前、夏公未老，童心依舊。（註一）

三十四年都一瞬，歲月驚心馳驟。

記當日、文章詩酒。
百慕貞娘雙島會，聚群賢、多少屠龍手。（註二）
恣笑謔，唯公有。
古今說部衡量就。
論錢張、圍城難並，傾城難偶。（註三）

一語相褒評說定，舉世同瞻馬首。
更作育、青年才秀。
一代學壇師友盛，祝長年、我落他人後。
歌金縷，捧金斗。

註一：夏公有老頑童之稱。
註二：當年參加兩會之學者有美國之海陶瑋、謝迪克、白芝、陳世驤、劉若愚、周策縱諸教授，歐洲之霍克斯、侯思孟二教授，日本之吉川幸次郎等，皆為漢學界之名人。
註三：夏公撰小說史曾大力讚揚錢鍾書之《圍城》及張愛玲之《傾城之戀》兩部作品。

葉嘉瑩

一九二四年生，一九四五年畢業於北京輔仁大學國文系。曾任臺灣大學專任教授，淡江大學與輔仁大學兼任教授。一九六九年任加拿大不列顛哥倫比亞大學終身教授。一九九〇年加拿大政府授予「加拿大皇家學會院士」，是唯一的中國古典文學院士。二〇一二年被中國國務院聘為中央文史研究館館員。現任南開大學中華古典文化研究所所長。

「快人」夏志清

孫康宜

最近我學到了一個新名詞：「慢人」（slow man）。《慢人》是諾貝爾獎得主柯慈（J.M. Coetzee）剛出版的一本新小說的書名。該書描寫一個已退休的攝影師兼建築師保羅・雷蒙特（Paul Rayment）在一次車禍中喪失一條腿，以及他從此成為一個「慢人」的窘迫處境。但所謂「慢人」並非只指保羅行動之緩慢，它更多的是指一個孤獨無奈的中老年人在那「緩慢如烏龜」的心境中過日子的消極狀況。因此，在柯慈的筆下，那個剛過六十歲的保羅整天想的問題就是：如何度過剩餘的人生？如何面對每日的空白？真的，除了緩慢地活下去以外，他還能做什麼呢？總之，《慢人》這本小說所記載的就是一個中老年的知識男性在面對生命晚景時，所感受到的一種自我收斂、無奈和尷尬。

誠然，在今日世事逐漸複雜、人情日漸淡薄的世界裏，我們經常看見周圍有許許多多的「慢人」。

退休教授夏志清是一個名副其實的「快人」。對我來說，夏先生一直是「快節奏」的同義詞。他是「慢人」的反面。他反應快、思路快、心直口快。他今年已經高齡八十五，但仍精力充沛，笑容滿面，凡事以快節奏的方式走在人生舞臺上。

夏先生可以說是最優秀的美國移民之一。他當初在耶魯大學英文系攻讀博士學位時，導師 Frederick Pottle（即以研究 James Boswell 聞名於世的英文學者）稱讚他是歷屆最傑出的高材生之一。當時，許多美國學生都不如他的英文閱讀和分析能力。多年之後，該系許多師長仍念念不忘他，以他的文學和學術成就為榮。他的經典之作 *A History of Modern Chinese Fiction*（《近代中國小說史》）即於一九六一年由耶魯大學出版社出版（一九七一年再版）。最近夏先生又當選臺灣中央研究院院士，這個遲來的榮譽可謂實至名歸。

每次談到夏先生，我就自然會想起二〇〇五年在哥倫比亞大學為夏氏兄弟（即夏濟安、夏志清二兄弟）所召開的國際會議。該會是哈佛的王德威先生所籌辦，大會邀請了漢學界和文學界許多學者，演講人數高達七十多人——包括韓南（Patrick Hanan）、Jonathan Chaves、林培瑞（Perry Link）、奚密、王斑、陳平原、梅家玲、陳國球、Feng Li，Pieter Keulemans，Michael Berry，Gary Gang Xu，Carolos Rojas，Tsu Jing，Letty Chan、宋偉杰、張鳳等諸位人士。那次會議的目的乃是為了評價夏氏兩兄弟半世紀以來對中國文學研究的貢獻。同時，去年也正好是夏濟安先生逝世四十週年紀念，所以大會的意義特別重大。可以想見，會中所進行的學術討論不但包羅萬象而且十分深刻。

但兩整天的會議下來，我感到最有趣的還是夏先生在會中隨時發出的那些令人驚歎的話語。例如，在閉幕式中，他突然冒出這樣一句話：

「啊，其實王德威是因為心裏歉疚才為我舉辦這個大會的。他覺得對不起我，因為最近他從哥大跳到了哈佛。他投靠到曹營去了，丟下了我這個劉備。」

聽到這句涉及「三國」語境的玩笑，一時全場轟隆笑聲不斷。有人笑得全身搖擺不定，連王德威都笑得前俯後仰。唯獨夏先生本人依然神情自若地往下講去。

我佩服他這麼大年紀，說起話來還像以往口無遮攔，而且妙語連珠。他確實是各方面都表現出快的節奏：口快、人快、心快、思路快。好像在出其不意、頃刻之間，一個妙語已經從口中發了出去。連夏先生自己也感到驚奇，因為他從來不知道那些想法從何而來。但每回他一旦說出這種話，無不繪聲繪色，一針見血。一般說來，他的言談聲貌給人一種快速、敏捷、瞬間即逝的印象。確實，無論在任何場合中，他總像個導演，一個嘴裏說真話，心裏無所隱藏的導演。他經常會自嘲，同時也會說出別人沒想到的話語，令人拍案叫絕。

作為一個「快人」，夏先生似乎特別欣賞《三國演義》裏的人物。因此，他經常漫不經心地用三國的語言來形容他的朋友們。這或許因為三國的故事主要是在描寫「動態」中的人。就如學者吳功正所說，《三國演義》是「把人物置身於瞬息萬變的戰場上作動態描述」的一本小說。而我所認識的夏先生也正是這樣一個喜歡作動態描述的人。

這使我想起我和康州幾位人士（包括外子張欽次、耶魯同事康正果、以及多年好友周劍岐）拜訪夏教授和夫人王洞的情境。

首先，那天大家剛見面，夏教授就忍不住要把我們幾位和《三國演義》裏的人物對上號。他那無所顧忌、自由自在的說故事方式給那次訪談留下了令人難忘的印象。

其中最有趣的是，他把高個子康正果比成《三國演義》裏的關羽。

「啊，你的個子真高大，真像關公。你那本《出中國記》的自傳寫的真好呵！你真是千古第一奇人。你獨行千里，單刀赴會，你真勇敢。我就喊你『大康正果』吧。你是現代的關公……啊，周先生，你說是不是呵？」

「是，比得真好。」站在一旁的周劍岐表示同意。

我不知不覺想起了《三國演義》第二十七回「美髯公千里走單騎」那一章。確實，這個比喻很好，既說出了康君的義氣和儒雅，也道出了他的赤誠和自重。

「但是，康正果，你實在太過分天真了。」夏先生接著又說：「你在中國大陸遇難的那幾年，完全是自投羅網。你怎麼會在蘇聯解凍的危險期間，膽敢自個兒寫信給莫斯科大學，何況只為了翻譯《齊瓦哥醫生》那本小說！啊，你太天真了，你差一點丟了性命。」

「真是，不知為什麼我當時會那麼天真。」康正果邊答邊笑著。

「嗯，我看夏先生才天真呢！不，我的意思是，他真年輕，他還像個小孩。」我趁機打趣道。

就這樣，大家開始轉了話題。接著就紛紛向夏先生問起他經年保持年輕的秘訣。

「哦，沒什麼秘訣，不過按時吃許多維他命而已！」說得大家都不知不覺地大笑了起來。

「我看維他命不是主要的原因。基因才是關鍵。基因就是命運。」康正果突然插嘴道。

「怎麼是基因，我看這完全是夏太太王洞會照顧老公的緣故……。」坐在一旁的欽次及時開口說道。只見王洞的臉上頓然現出了神秘的微笑。

那天我們就如此天南地北地談著——從健康談到政治，從五〇年代的海外知識份子談到文學研究，從毛澤東的陰性特質談到武松的厭女症，從張愛玲小說談到胡蘭成的《山河歲月》。沒想到如此閒談著，大家居然一聊就聊了五個小時。奇妙的是，那天訪談的五個小時似乎是在跳閃之中飛過去的。這是因為夏先生那一連串「妙語連珠」似的言談，很容易使人忘記時間已經在消逝。

最後，我們臨走前，夏教授還不忘補充一句：「你知道，胡蘭成騙人的技術實在太高明了，但這也正是他的魔力。」

他說那話時，眼睛充滿了亮光，似乎又回到了胡蘭成的年代。我突然悟到，夏先生保持年輕的秘訣就是永遠關心別人，甚至關心那個已經逝去了的古人。

在返回康州的火車上，我一直在想：讓我在步向老年的過程中，不論遇到任何境況，儘量能做個關切別人的「快人」，千萬不要做那只會擁抱自己的「慢人」。（寫於二〇〇六年三月）

後記

夏先生於二〇一三年十二月二十九日以九十二歲高齡在安詳的睡夢中去世。

第二天上海《東方早報》的石劍峰先生來函，說關於夏先生，他希望我能在電子郵件裏談幾句。我說，有關夏先生過世，要等王洞女士於元旦後正式宣布消息之後才能發表言論。他表示了解。但他說，他急於了解的是，夏先生這樣一個在美國的華人學者，對推動中國文學尤其是現代文學在西方的研究和傳播的重要性。

我覺得他的問題問得一針見血，以下是我給他的答覆：

其實我最佩服夏先生的也正是他寫的那本《中國現代小說史》（*A History of Modern Chinese Fiction*, 1917-1957）。那是在西方研究中國文學的經典之作，對中國文學在海外的研究和傳播有不朽的貢獻。一九五〇年代初夏先生才剛在耶魯大學獲英國文學博士學位，專攻的是西洋文學，但他居然能在畢業後短短的三年間（一九五二—一九五五）完成一部有關中國現代文學的專著書稿，而且是拓荒之作，並於一九六一年由耶魯大學出版社出版（一九七一年出版增訂版），那真令人欽佩。即使在六十多年後的今天看來，夏先生的《中國現代小說史》的內容和觀點仍毫不過時。

我以為年輕的夏先生在當時學界能有如此傑出的貢獻，乃得力於他在英國文學方面的特殊訓練和分析世界文學的不尋常功力。當時美國漢學界還處於初步的階段，研究漢學的美國人大多以較傳統的眼光來研究中國文學；而一些移民到美國的中國文學學者也大多以教中國語文為主。但夏先生卻能發揮己長，用他自己分析西洋文學的「細讀」方法來研讀中國文學，加上他那努力不懈的寫作精神（以及書寫英文的卓越能力），終於使得他的作品成為一代人的驕傲。

記得三年前哈佛大學的王德威教授主編了一本評價夏志清教授的書，該書的題目是《中國現代小說的史與學：向夏志清先生致敬》（臺灣聯經出版社，二〇一〇），令人肅然起敬。我今天也是以同樣的敬意來回憶夏先生的。

寫於二〇一三年十二月三十日

孫康宜

原籍天津，生於北京，長於台灣。一九六八年移居美國，曾任普林斯頓大學葛斯德東方圖書館館長。現為耶魯大學首任 Malcolm G. Chase 56 東亞語言文學講座教授，曾獲美國人文學科多種榮譽獎金。中、英文著作等身，包括《劍橋中國文學史》（與宇文所安合編）、《中國女作家選集》（與蘇源熙合編）、《詞與文類研究》（李奭學譯）、《走出白色恐怖》、《我看美國精神》、《親歷耶魯》、《耶魯性別與文化》、《抒情與描寫：六朝詩歌概論》（鍾振振譯）、《文學的聲音》、《曲人鴻爪：張充和口述》、《古色今香：張充和題字選集》（編註）等。

夏志清的遺產

王斑

初次接觸夏志清的學術論著，是一九八八年春天在愛荷華大學比較文學當研究生的日子裏。那時剛從中國來美國留學，對美國的學術，特別是對美國的中國文學研究，我的頭腦完全是一片空白。但現在想來，一張白紙，沒有負擔，初始的影響十分重要，夏志清影響就很深。

我當時上中國文學教授 Maureen Robertson 的古典文學課，為完成一篇關於話本小說的論文，參考了夏老師的 *The Classical Chinese Novel*（《中國古典小說》）。一開卷就被夏老師那清新雅致，直白的英文抓住了，那風格一掃當時我沉浸其中、彌漫英語、比較文學圈子的詰屈聱牙、似是而非的寫作和話語。

夏老師撰寫文學史的方法和視角，也打開了一個文藝批評和體驗的空間。夏老師對小說文本和藝術技巧的欣賞和評點，深受美國新批評的影響，但也師承中國古典的闡釋傳統，臻於爐火純青之境。我從夏志清的書中還領略到一種研究方法，即把文學研究和作品評價放在整個文化歷史的脈絡、置於思想觀念的語境和流變中去考察。現在「文化研究」的方法去書寫文學已是方興未艾的潮流，什麼文本都是社會文本，都要歷史化，其實夏老師中國古典小說史的寫法和思考，早已是捷足先登，印證了復古維新、越先進的東西反而越回歸傳統的說法。夏老師繼承了深厚悠遠西方人文主義傳統，吸取了中國文學中的闡釋傳統，熔文學、歷史、和批評的嬗變為一爐，一開始就為我打開了文學研究的大門。

一年後，我從古典文學轉向現當代中國文學，又拜讀了夏志清的《中國現代小說史》，再次領略夏老師大能上下古今，小能字斟句酌、對審美精微一唱三嘆的風采。我在愛荷華兩年後轉到UCLA，有幸成為李歐梵老師的學生，上他的現代文學課，寫論文時又參考了夏志清《中國現代小說史》中關於張愛玲的論述。我雖然並不完全贊同夏老師的觀點，但在做論文時仍心儀、乃至模仿夏老師平直，清晰，雅致，脫去學術腔的經典人文主義寫作風格，我覺得這種話語也是一種屬於文學公眾的「白話」，雅俗共賞，圈內圈外人都能讀懂理解。能用這「白話」來傳播文化、溝通讀者，才能讓中國文學走向西方世界的讀者大眾，讓中國文化走向世界。

從九十年代末到本世紀中期，應王德威老師之邀，我有幾次機會到哥倫比亞大學參加各種學術活動，數次親身拜見、領略夏老師的個人風采，並向他求教。記得在他退休的慶祝會上，有位教授說夏老師是「a force of nature」，這句話真是一語中的，是他真實的寫照，我對此深有感觸。雖然已是八旬老人，夏老師說出話來底氣十足，擲地有聲。他對自己的觀點滿懷信心，快人快語，跟小輩聊天絕無什麼大教授架子。在談話中，我發現夏老師竟然讀過我的書，並對我人文主義、文史哲為一體的寫法很讚賞。我嘴上沒說，但心想其實那是從他那裏學來的。

二〇一三年夏天，我利用暑期寫一篇關於中國文學與美學的文章，又仔細研讀了哥倫比亞大學出版社二〇〇四年出版的 *C. T. Hsia on Chinese Literature*。前幾年，在一個中國小說的研究生研討課上，曾用過夏老師論梁啟超和嚴復的一篇文章，在課上引起熱烈討論。我再次讀這篇文章時，很是佩服。覺得文章寫的極好，論據十分詳盡，論述語言恰是我一貫心儀的「夏志清體」。

但我論文開題就質疑夏老師推崇的純文學觀點。他認為梁啟超和嚴復不懂文學，他們給小說以繁重的政治任務，要其擔當道德維新、喚起民族主義的職責。夏志清認為這種論述抹殺了文學的審美性。而真正具有審美感覺、聞道於西方美學真諦者，應舉王國維和黃摩西。黃摩西是《小說林》的創始者，著名文學家，研究者甚少。

我從審美話語由西東漸的過程，敘述審美總是跟理想社會的倫理重建，與社會政治的活動和整體環境息息相關。重新考察了夏老師推崇的王國維、黃摩西的論述，我發現這兩位美學論者在談文學的審美妙處時，念念不忘的仍然是道德和政治問題。原因之一在於，二十世紀初中國前途岌岌可危之際，很難找到一塊淨土，很難有閒情逸致去談文學的純粹性，去強調文藝的超功利性。問題是，在念念不忘政治危機，為中國前途糾結憂思去作文，並不等於這出自政治關懷的憂憤作品就一定沒有審美價值。考察對美學情有獨鍾的作家評論家，我發現他們都在尋找一種美學與政治——政治這裏意味著社會、文化、日常生活世界乃至政治體制的改革和向善——的完美結合，而不是把審美從政治中剝離開去。王國維就認為，屈原既有憂國憂民之懷抱又文采斐然，或稱為政治與審美的完美結合。魯迅當然也是如此。

沒想到我這篇跟夏老師對話的論文還沒發表，他就離我們而去。悲傷之餘，深感慰藉的是，夏老師提出的問題，他的視野，他的文風，他的學問，將繼續給我們提供繞不開的課題，生發新的討論和論壇。我會繼續讀他的作品。

二〇一四年一月六日　於史丹福大學

王斑

加州大學洛杉磯校區比較文學博士。史丹福大學東亞系及比較文學系教授，William Haas中國研究講座教授。主要著作有：*The Sublime Figure of History*（1997）；中文譯本《歷史的崇高形象》；*Narrative Perspective and Irony in Chinese and American Fiction*（2002）、*Illuminations from the Past*（2004）。主編 *Words and Their Stories: Essays on the Language of the Chinese Revolution*（2011），與Ann Kaplan編寫 *Trauma and Cinema*（2003），與張旭東合譯本雅明的《啟迪》（牛津大學出版社，一九九八）。中文著作有《歷史與記憶》（牛津大學出版，二〇〇四）；與鍾雪萍教授合編《美國大學課堂裡的中國：旅美學者自述》（二〇〇六）。

行雲流水數十年

悼夏公，憶往事

叢甦

六〇年代——石破天驚——初識、除夕、其他

石破天驚，一陣響亮的笑聲震破大廳外牆高地堅的走廊的寂靜。笑聲，伴著急速的話語聲，自在，自樂，又情不自禁。笑聲止時，一股削瘦的龍捲風卻突地刮進廳來，刮到我坐鎮枯守的圖書借閱的長櫃臺前。龍捲風裏裹著一個中等身材的中年男人，穿著乾淨俐落，白襯衫，暗色西裝，配著一條中規中矩的削瘦領帶，不艷不狂。但是領帶的拘謹卻由來人一張長方形的笑臉與眼中急迫的笑意彌補上了。他開口時，那串串滾動的話語，像個雙足蹬上了風火輪，又長出了翅膀的小精靈，急速騰空而去。原來這急速的話語只為表達腦中急速飄忽、天馬行空的思路。

於是，那天，我，一個在哥大研讀又在東亞系圖書館慇德廳裏「勤工儉學」的研究生，與夏志清教授初識了。經過友人引見又寒喧後，我說，「在臺大外文系我曾是夏濟安先生的學生」（也是由濟安先生口中我們首次聽聞志清大名），夏公連聲回答：「我知道，知道，我哥哥提起過你，我哥哥比我聰明。」

這種對初識人就坦然自剖的率直令我首次見識夏公的快人快語個性。

六〇年代中期到七〇年代中期，西方世界，以美國為首，經歷了天搖地動的文化再生與社會蛻變。由反越戰開始的學生運動催生出一個挑戰傳統習俗、觀念與價值觀的嬉皮運動。整個社會與大學校園彌佈著一種對現實的焦灼不安與騷動鼓噪，對未來則有過激的理想化憧憬。

在臺灣，由臺大外文系學生白先勇等主辦的「現代文學」雜誌啟蒙了當時青年學子對西方文學思潮的探討，並催生了一批「現代派」的青年作家群。這批作家群體，自臺大畢業後，於六〇年代中期先後渡洋來美，散佈在各地大學研究院內進修。在寒暑假，休閑期或畢業後，在他們遊訪紐約大城時會不忘給我一個電話說：「帶我去看看夏先生吧！」由於夏公的兄長濟安先生曾任教臺大外文系，所以六〇年代的作家群，在感情上，對當時雖未曾謀面的夏公已有了「先驗性」的親切感。

當時夏寓尚在哥大附近的西一一五街舊址。公寓較小，但當時的夏夫人凱柔（Carol）將小小居家整理得窗明几淨。凱柔溫順寬厚，名校畢業，家世良好，婚後專扮盡職主婦。每次我們來訪，一群吱喳鼓噪的青年人，講著她聽不懂的語言，說著她不能參與的話題，凱柔在親切奉茶後，都能靜待一邊，默然微笑。每次訪後，我也都有「難為你了」的愧歉感。所以每當夏公對她稍有微詞批評時，我那扶弱濟苦之心油然而生，鼎力做不平之鳴。這種不知大小的「犯上」之舉在其它場合，其他年代，也曾屢屢發生。久之，大人大度的夏公對我無可奈何，見怪不怪了。

一年深冬，若曦來紐，適值歲末。於是在「去看看夏先生吧」的除夕夜，在凱柔婉拒出遊後，夏公、若曦與我跳上南下的地鐵，直奔格林威治村，要親自目睹美式辭歲的新奇。當時西村街頭人聲沸騰，我們不知所以地擁進一個樂聲震耳的pub，又不知所以地被帶位哥帶到臨近舞臺的前座。在倒數計時之前，客人們都戴上了花俏紙帽，口吹紙哨，鼓噪呼嘯之聲震耳欲聾；樂隊又邀客人上臺群舞以迎新歲。夏公與若曦英勇上陣，在擠成一團的人叢中歡舞扭動，我則在臺下擊案、頓足，笑得樂呵呵。一陣歡呼聲中，五彩紙屑與彩帶自空而降，繽紛飄落，落個滿臉滿懷，新的一年誕生了。誰知樂極生悲！結帳時帳單上的消費額大得驚人。原來我們被帶位哥帶到高消額區的最前座。夏公阮囊羞澀，我也徒呼奈何。最後反而由客人若曦慷慨解圍，我們才得拔腿急撤，全身而退。但是這兼具喜劇、鬧劇、悲劇色彩的除夕夜却深深烙印在記憶角落。

六〇年代末期，一天朋友莊君帶來一本剛出版不久的夏公巨著《中國古典小說》，說印地安那大學柳無忌教授邀約書評，希望我能寫一篇。我接受了作業，寫了一篇長達五頁的英文評論，刊登在一九六九年八月的「清華學報」上。這是一本中、英文的雙語學術研究刊物，柳無忌教授為編委之一。同期內也有夏公一篇評論〈老殘遊記藝術〉的英文論文。

做為一個研究生後的青嫩學子，去閱讀並評論夏公的經典之作有大開眼界之樂。我在評論中指出夏公在中西文學領域的造詣，使他能廣引博証並比較中西兩界，而且以小說人物心理分析來剖解故事情節，進而平衡研究與欣賞。在傳統的中國文學批評界實屬創新，但是能增進讀者對作品的體會與領悟。

這篇青春之作是我生平第一篇英文評論，也是生平第一篇有關夏公之作。為了酬謝我的筆耕，夏公請我到中城一個典雅小巧的法國餐館吃飯，我這久居立錐之地的清寒畢業生享用了生平第一頓法國大餐。在以後的日子裏我逐漸認知夏公對法餐的鍾愛，可能是由於西方文化的薰陶。

七、八〇年代的湍流、風暴與風和日麗

六〇年代末夏公與凱柔離婚，一九六九年再婚，夫人為王洞女士。王洞曾是我當年在臺大校門前等乘長途公車回家的同車人。當時家居郊區碧潭，課後等車回家時偶見王洞，初時點頭微笑，繼而稍語寒喧。十數年後在大城再見，她已是夏公夫人，後生女兒自珍。在以後數十年的滄桑變幻裏，王洞也成為我在這孤寂大城裏的好友之一。

再婚後夏公喬遷到仍在哥大附近的一個較大公寓，一住數十載，直到如今。公寓客廳敞亮，壁壁皆書。就在這浩瀚書海中，多少文人雅士，學者作家曾歡聚一堂，談古論今。「去看看夏先生吧」仍是遊訪紐約文人的必修課業，只是我已不需做引介。大陸改革開放後，文壇冰寒解凍，文革浩劫的倖存者，三〇年代的名家碩果，如曹禺、沈從文、丁玲、艾青、蕭乾等，較後起的中壯派作家如劉賓雁、王蒙、張潔、張賢亮、張抗抗、戴厚英等紛紛訪美。八〇年代是海外華文界的生氣蓬勃期，我們忙於接待遠方來客，舉辦演講會、座談會、聚餐會，有時一月數起。在這些集會上，夏公妙語如珠，笑聲吭亮，他的好客、好友、好熱鬧的個性展現無遺。

這種個性是夏公的親和力與克裏斯瑪（charisma），也為他招引了不少的粉絲，尤其是女性粉

絲。有慕名造訪者，有登門自荐者，有不請自到者，有借名自捧者。「我的朋友夏志清」幾乎成為一些追逐虛名者的自荐名片。求訪、求照、求書、求序等要求或許是盛名之累的代價。但是夏公的善門易開與來者難拒大好人聲名也不逕而走。就是在這種或真或虛的大環境下，夏公在八〇年代初期有了一次誤入花叢的迷失與煩惱。

花叢雖美，但也荊棘遍地。因為與當事者各方皆為熟友，我也捲入其中的是非糾結。做為對事件始末知之較詳的局邊人，我始終有左右不討好，裏外不是人的困窘與尷尬。事態的發展與結局，對當事人而言，沒有贏輸，只有創傷。對我而言，只有更深感嘆生死情關的沉重與悲愴。但是令人訝異與感嘆的是夏公在整個過程中的瀟灑與坦蕩，照樣教書、寫作、會友、談笑，彷彿有人們稱讚雷根總統的不黏鍋特性。這種毫髮無損，神采無恙的處變不驚，是需要何等的定力抑不敏，抑兩者之間的某些神秘能量？人們在評論克林頓總統在處理他與陸文斯基的緋聞時指出他有驚人的間隔化的能力——即能將不同事物分隔化處理，應對游刃有餘，不似凡人俗子，遇變則驚慌失措，戚戚惶惶。

八〇年代是多事之秋，「唐夏之爭」就是文壇逸事之一。這件引人注目的文、史公案由歷史學家唐德剛教授首先發難，點名批論夏公。唐夏二老原為數十年的好友，兩家夫人也有通家之誼。事出料外，夏公奮起迎戰。兩位勇士在海外兩大報章揮灑萬言，馳騁整版，各擁粉絲，各有賣點。幾度回合之後，雙方偃旗息鼓。

二老之爭與其說是意識形態之爭，不如說是性格脾氣之別。唐公筆鋒犀利尖俏，行文湖深海闊；夏公話語駿駒躍騰，揮筆廣遊人間。在談話與筆鋒下，兩人都以幽默詼諧稱著。但是在公共場合，唐公沉穩自持，夏公生動熱鬧。因為思路快，中英文詞彙廣，夏公尤其擅長使用歇後語，一語雙關等妙詞。他的即想即說，口無遮攔的率直習性有時導致即說即錯的無意傷人。多年來夏公鎖定唐公為妙語玩笑的對象，隱忍已久的唐公終於擊破久凍的三尺之冰。夏公為什麼會鎖定唐公？我想可能因為兩人年紀相近，相交最久，在各自領域都成果碩然，可謂旗鼓相當，選為玩笑取樂目標，不會引人有以大欺小，以強欺弱之譏。

為此，我當時在海外「中報」的每週專欄中寫了評論「唐夏之爭」的長文。我本無意加入文壇筆戰，只是不願見兩位前輩反目成仇。我在文中點出二位之爭實是東西文學論點之爭。但是理論觀點差異不應導致烽火硝煙。這是我生平有關夏公的第二篇文章。紐城雖大，但文壇實小，在低頭不見抬頭見的情勢下，兩位老將的交惡豈不尷尬？不久後在一次招待大陸文壇宿將蕭乾的餐會上，在眾人起哄喧鬧聲中，唐夏二公「被迫」握手、擁抱、吻頰、和好，一場文壇論戰最後以喜劇收場。

夏公的公眾形象雖然是開朗，平易，嬉語笑談，妙語連篇，但他私下治學的態度却極認真嚴謹。我在幾次近距離接觸中得到印證。先提一例：八〇年代中期臺北「中央日報」梅新先生來電話邀我與夏公至臺講評五〇年代作家潘壘的作品，並委我以一路照顧夏公之責。當時夏公雖屆耳順之年，但是活力充沛，一路上倒時常提醒我不要誤點，不要丟包等細節。當我這「照顧者」閉目養神時，他却將講稿，膠貼，小剪刀在膝前小桌子上工整擺開，開始做修補校對工作。這種對稿件的工整修改與認真校對工夫，在他送我的一份評論無名氏作品的英文手稿中也展現無遺。

我對這奇特的修補工作不免質疑：「何不用筆劃劃、刪刪或勾勾？」答曰：「那樣太亂，不容易看清楚。」修補之後，又再三細讀，直到滿意為止。那專注神情令人印象深刻。當時在機上巧遇返臺開會的許倬雲教授，空中遇友令人驚喜。

九〇後至千禧後——餘暉殘照、寧靜歸航

逝者如斯，不舍晝夜，海外文壇由於遠方文友來訪的繁動，至九〇年代中後期漸趨平靜。由唐德剛先生創立的「紐約文藝中心」九〇年代初，在我與同仁們的推動下正式與「國際筆會」連接，成為其轄下的一個「筆會中心」。在定期的聚會與其它活動中，幾位會寶級元老作家如唐夏二老，董鼎山，彭邦楨等都積極參與，是我們極大的福份。每次夏公高亮的笑聲都像是過年時的爆竹，給聚會點燃了喜慶氣氛。

比較大型的一次活動是一九九五年八月間，「筆會中心」、「二十世紀中華史學會」、「中國近代口述史學會」等學術團體在哥倫比亞大學聯合舉辦的「抗戰勝利五十週年研討會」。會中的文學組討論由我主持，請夏公做評論人，合作成功愉快。在討論嚴肅主題的場合，夏公的嚴謹態度與言辭是平日罕見的。

九〇年代後期至千禧年初中期，會中年長的會員有的體弱多病，有的仙逝凋零。彭邦楨與唐

德剛二老先後離去。二〇〇九年夏公罹大病，後又康復。二〇一一年夏公九十大壽，學界、僑界與筆會三度為他慶壽開宴。筆會的餐會規模最小，但最暖心。在中城一家餐館裏，在正月的嚴寒裏，二三十位文友歡聚一堂，有的誦詩，有的獻字，有的唱歌，為壽星祝賀。夏公真誠感動，但聲音微弱，往日高朗的笑聲只為久遠的回憶了。

在以後的日子裏，夏公健康時好時壞，間或進出醫院。二〇一二年夏天，我到他出院後暫住的療養院去探望他。事先王洞曾預告我：「他可能認不出你，他對自己一位極熟的學生都不認識了。」療養院在西邊上城，是由猶太人開辦的，設備完善先進，康復的老人有各色族裔。上樓後在走廊的凹角處，發現夏公與一位黑人長者，並坐輪椅，沉默互守。我趨前問候，並問：「我是誰呀？」他脫口叫出我的名字，面露微笑，彷彿在說：「怎麼樣？難不倒我吧！」然後王洞將夏公推到樓下的後院裏。大院子寬敞幽靜，林蔭夾道，叢樹聳立。在這美好的綠蔭細風裏，夏公精神抖擻，與我談起一些細碎雜題，並不忘讚美我的寶藍色外衣。讚美女士們的外型或裝飾是夏公數十年來一成不變的紳士風度。

自罹患大病幾年以來，對夏公細微照顧，晝夜操勞的是他的夫人王洞。俗云「修行修得老來福」，老來福是謂大福。無論在醫院治療，或在家中康復，王洞都不棄不離，盡心盡力。為了尋覓良醫、良院、良好復健設施，她四處奔波，勞頓途中。夏公返家後，王洞又身兼數職照料，她是護理、保姆、出納、公關、廚子、採辦、打雜、清潔工、推輪椅者等一把抓的大掌櫃。而對自閉症女兒的接送照料，自始至終是王洞獨肩扛起。

我常尋思，在這短小看似孱弱的女子軀體內，究竟蘊藏著何等驚人的堅韌、毅力與能量？自從九〇年代中後期，在公共場合，夏公的舉止言談都趨於沉穩平靜，己無青壯期的緊張、激動、活力迸發、電光四射的勁度。我想這與年歲有關，更關鍵的是家庭生活的踏實安寧。小劫歸來，他已與王洞牽手相依，走進餘暉，迎度夕陽。

迷航者已安抵港灣，欣然歸航。

兩種分歧——「君子和而不同」

在與夏公交往的數十年內，曾不只一次地雙方因為意見不同而各述己見，各執一詞。在知識份子的互動中這本是極自然的事。君子和而不同，小人同而不和。人各有腦，思維、判斷、喜好、選擇等自然因人而異。

我與夏公的分歧有兩方面：

文學觀方面，我將文學極粗淺地分為兩大類，一是俄國十九世紀大作家杜斯妥也夫斯基代表的粗獷滂湃派——探討人生意義，靈魂歸宿，命運走向等存在終極問題。另一派是英國十八世紀女作家珍·奧斯汀代表的細膩精緻派，以靈巧素描式筆法描繪出優雅社會的俊男淑女的小怨小愁小喜小怒。這兩派的對比我稱之為大瀑布 vs 小清溪，或交響樂 vs 小夜曲，我喜愛前者。

隨著年齡增長我也逐漸修正年輕時的固執己見，認為清流小溪與優雅小曲同樣有其美感價值與動人的能量。就個人喜好而言，我是由衷地卑視珍・奧斯汀作品的局限與自閉，雖然目前她被英國視為國寶級人物。每次當我提到與他的分歧時，夏公總說：「我也喜歡杜斯妥也夫斯基呀！」雖然他肯定與褒捧的是奧斯汀式的精緻優雅。夏公的褒張（愛玲）貶魯（迅）是在文學觀上我與他最大的分歧。

其次是生死觀方面，對於靈魂的存在與歸宿，夏公的看法是極端的虛無主義式，「什麼都沒有，萬事皆空，一死百了！」他對於我對「密學」（esotericism）的研究有些好奇，也有些卑夷。最近幾年每次見到他，我都會不經意地提起這個問題，而他的回答也始終如一，「什麼都沒有，一了百了！」而我也曾經玩笑式地警告他說：「你要後悔的，別說我沒有告訴過你！」

二〇一二年冬我與幾位文友去看望他，在附近的一家義式餐館進餐後，我又提到靈魂的去向問題。由於數十年的習慣，我與夏公交談時多半中英文夾雜，我引用莎士比亞假哈姆雷特之口說的話：「何瑞首，在天地宇宙之間有比你的哲學裏夢想到的更多的東西！」我說，「莎士比亞、牛頓、愛因斯坦都相信靈魂的存在，難道你認為自巳比他們還聰明？」我之所以咄咄逼人地屢次提到這個問題，是希望他在離去之前能有所信仰皈依。他沉思片刻後也用英文回答：「I'm doing fine，I'm ok!」（我挺好，我不錯呀！）

多麼可愛的回答！事已至此，只能由他了。

幽他最後一默

自從六〇年代的初識，到二十一世紀的告別，我與夏公數十年的交往中，有艷陽，也有陰霾，有誤解，也有諒解。這篇長文是生平為他寫的第三篇文章，寫的竟是悼念、憶舊與無限唏噓。王洞來電話囑託夏公生前幾位深交久交朋友（德威，先勇，信正等）各寫一封短信，放在棺中，一路伴行。我將短信寫好，加上最後幾句幽他一默：「如今你已抵達蔚藍遠方，想必你已了然莎翁的話是對的！我不是早就告訴過你嗎？如今你可以任意遨遊無垠，逍遙學海！」

據王洞說，夏公臨去之前說：「我累了，我要走了！」他應該是累了，自六〇年代那位快速如風的快語人，到二十一世紀蹉坐輪椅的溫順老人，那消逝的混身的活力、精力、體力只為飄忽的美好回憶了。但是夏公一生經歷多彩，成果碩然。這位終生愛書，愛才，愛寫作，愛學問，愛朋友，愛女人，愛談笑，愛美食，愛生命的真摯之人，在他漫長的生命旅程中，曾走過風雨飄搖，也曾走過春暖花香，最終揮別的是後人們的深沉懷念與由衷祝福。

老友，穩健上路吧！

二〇一四年一月十四日　於紐約市

叢甦

臺灣大學外文系學士，西雅圖華盛頓大學英國文學碩士，紐約哥倫比亞大學圖書館學碩士，曾任洛克菲勒辦公室圖書館主任二十四年。著有小說集《白色的網》、《秋霧》、《想飛》、《中國人》、《獸與魔》，散文集《君王與跳蚤》，遊記《淨土沙鷗》，雜文集《生氣吧！中國人》，中篇寓言小說《猢猻國》等。

悼念夏志清教授

歐陽子

中國文學評論巨擘夏志清先生辭世，引起了我由衷的悼念，以及一連串的回憶。夏先生一生的非凡成就，及其廣大深遠的影響力，早已深受肯定，成為定論，必將是永垂不朽。然而，人間少掉夏志清這麼一位奇特人物，不但令親朋好友痛惜懷念，也使海內外華文世界的文壇，永遠喪失了一份特殊的情趣與熱鬧。

我與夏先生的交情，不能算是很深，我只和他見過兩次面。但我翻譯過他的三篇評論文章，也和他通過不少信件。

第一次與夏先生見面，是在半個世紀之前，一九六三年夏天，即我初來美國留學的頭一個暑假裏，我與臺大外文系同學白先勇、陳若曦、楊美惠和鮑鳳志會合於紐約，五人一同去拜訪夏志清教授。由於我們都曾受教於夏先生的哥哥夏濟安老師，夏先生對我們特別親切，招待我們去坐遊艇（Circle Line），遊Hudson River，並繞Manhattan一周，從河中遠望帝國大廈、聯合國大樓、自由女神像等等，令我們大開眼界，遊程長達兩個半小時。在船上，夏先生興致高昂，談笑不止，大家都很快樂。記憶中，夏先生的美國前妻及一個可愛的小女兒也在場。

我和夏先生第二次見面，是在十六年之後。

一九七九年二月下旬，我們這裏德州大學的「東方與非洲語文學系」舉辦了一次為期兩天的「臺灣小說座談會」，邀請到十幾位名家學者來奧斯汀，專題討論臺灣小說。那場座談會，當時引起了臺灣以及海外華人文學界的極大興趣與好奇，臺灣媒體更是大做宣傳，稱之為「一場歷史性的文學盛事」。之所以如此「轟動」，除了是因為這是臺灣文學首次在美國大學舉辦的研討會，受到專題討論，另外還有大家心照不宣的因素。那時期，美國剛與中共建交，臺灣的中華民國政府面臨困境，「臺灣」兩字同時也變得具有政治敏感性，好像連說出口都有忌諱似的。如此，在美國名校的座談會裏，邀請有名的教授來大談「臺灣文學」，臺灣那時的政府當局大概是憂喜參半，懷著複雜曖昧的心態吧。

「臺灣小說座談會」的主辦召集人，是德州大學負責中國語文教學的傅靜宜教授（Dr. Jeannette Faurot，1943–2005）。傅教授是美國加州人，深愛中國文學及文化，是在加大名教授陳世驤指導下完成博士論文及學位的，當時和楊牧是同學，她住過臺灣，中文很好，喜歡閱讀臺灣的小說作品。她訂閱聯合報的海外版，每天看聯合副刊。如此，她才會興起主辦這個臺灣小說座談會的構想，並付諸實行。那次接受邀請來參加的學者教授，美國人有 Cyril Birch、Lucien Miller、Howard Goldblatt、Timothy Ross 和 John Berninghausen；華人則有夏志清、李歐梵、劉紹銘、楊牧、張系國、水晶、李華元及林耀福。我自己，雖非教授，也客串了一角「講評人」。

傅教授私下對我說，在多位名學者之中，她最感到榮幸的，是邀請到鼎鼎大名的夏志清教授，他不但來參加，還答應致辭，做壓軸的「結語」。

座談會的日期是一九七九年二月二十三、四日。開會的前一晚，我在訪客入住的 Villa Capri 旅館餐廳，已和大多數學者們見了面。夏先生卻因抵達時間較遲，我尚未見到。在我會後所寫的會友記一文中，我如此敘述：

> 第二天中午，「臺灣小說座談會」正式揭幕。在開會前幾分鐘，大家走進湯普遜會議室，互相介紹或交談，但聲音都不大。不知是誰突然說：等一下夏志清進來，氣氛就會不同。正說著，夏先生入室，一見我，就「歐陽子！歐陽子！」地聒嚷起來。此後，直至開幕，整個會場差不多全被他的噪音蓋住了。
>
> 十六年前只見過一面，我連他是否還記得我都不確知，沒想到他不但記得，還好像乍見久違的親密老友，雀躍歡聲大打招呼，令我感到十分親切，但也覺得在眾目睽睽之下，如此深受矚目，有點不好意思。

兩天的座談會，一切進行得很順利，首先是傅教授的開場白，講題是「Why Taiwan Literature ?」接著是當代臺灣個人作家的作品分析和講評。被討論的小說作家有黃春明、王禎和、陳映真、七等生、張系國等。李歐梵和張系國兩人的論題較為廣闊，前者討論臺灣小說中的浪漫主義及現代主義，後者討論中國（臺灣）作家與烏托邦之追尋。

夏先生為座談會做的「結語」說得中肯又貼切。

講畢，這場臺灣小說座談會就圓滿閉幕。

開過這個會後，夏先生在聯合副刊讀到我寫的「會友記」等報導文章，寄一封長信給我，口氣十分親切，寫得密密麻麻，表示很高興在奧斯汀看到我，道謝招待，並論及我在報導文學中說的一些話。我與夏先生的通信來往，由此開始。

「臺灣小說座談會」中所發表的論文，傅教授後來輯成一書，由 Indiana University Press 出版，書名定為 *Chinese Fiction from Taiwan: Critical Perspectives*。此書印出後，我把夏先生的座談會結語翻譯成中文，交給瘂弦，發表於《聯合報》副刊。夏先生讀到後，非常喜歡，稱讚我的譯筆很好，不多久他就來信，懇求我替他翻譯他所編《中國現代中短篇小說選》的長篇導言。夏先生的英文評論文章，並不容易翻譯，我花了很多時間，拖了幾個月，在一九八二年二月譯畢。夏先生接到譯稿，又稱讚，說我譯得「忠實流暢」。他把文章交給香港的《明報月刊》及臺灣的《中國時報》兩處刊登。

那時候，我父親剛去世不久。夏先生在信中特別慰問，並鼓勵我寫文章紀念父親。後來我真的寫了幾篇，輪流在《聯合報》和《中國時報》發表。

上世紀七〇年代和八〇年代，是臺灣報紙副刊的全盛時期。尤其臺灣最大兩報，《聯合報》和《中國時報》，最是出色。瘂弦主編的聯合副刊和高信疆主編的中時人間副刊，競爭十分激烈，幾近白熱化，我們不少作家，寫作投稿，常須做些「平衡運動」，以免顯得厚此薄彼。例如「臺灣小說座談會」的報導，由於傅教授對《聯合報》遠較熟悉，我把相關的文章以及焦雄屏（當時她在德大唸電影系）幫忙拍攝的多張會場相片，全都交給瘂弦，刊登在聯合副刊。後來聽說高信疆為此十分氣餒，像是打了一場大敗仗，頗為沮喪。我覺得過意不去，便在座談會結束後，趕緊寫出一篇長文〈鄉土・血統・根〉，交給高信疆發表在人間副刊，做為補償與賠罪。我寫紀念亡父的幾篇文章，輪流給兩報發表，也是同樣意思。

紀念我父親的文章中，有一篇〈灰衣婦人的來訪〉（亦名〈一件往事及聯想〉），是刊登在人間副刊。夏志清先生在《中國時報》上讀到，寫信給我，說他很欣賞這篇文章，並跟我談論起我文中觸及的作家採用真實人物為小說主角的是非與責任問題。在座談會見面時，他已稱讚過我的文學評論，說我前不久在《現代文學》復刊號第六期發表的論文〈藝術與人生〉寫得很好，令他印象深刻。現在他對我的散文也有佳評，使我感到很愉快。

另一次受到夏先生的鼓勵，是在一九八二年的年尾。我寄賀年片給他，他立即回我一封，在卡片上用密密麻麻的小字，寫出一篇長信。他講起數日前觀賞盧燕主演的《遊園驚夢》戲劇錄影片，很滿意，白先勇也在場，相談甚歡。夏先生說，在看錄影片之前，他先讀了我評析白先勇《遊園驚夢》小說的長篇論文。他寫道：「你那篇評析，寫得細到精緻，非常佩服。先勇有你這位同學至交，實在也是修來的福氣。很多作家等著人去寫他，有些人終身得不到一個知己的 critic。」我受到評論大師的稱許，自是十分歡喜，寫入當時的日記裏，才得以保留在我記憶之中。

次年（一九八三年）三月中旬，我意外接到香港《明報》主編董橋先生的一封信。他說希望刊登夏志清的英文近作〈論《玉梨魂》〉之中譯，而夏先生和他都認為由我翻譯最適當，因此他希望我肯接受這份工作。我於是寫信給夏先生，請他把那篇英文論文以及《玉梨魂》小說原著寄給我看。沒兩天，我便接到夏先生的一封長信，說他「又感又愧」。顯然他是不大好意思開口叫我再替他做翻譯工作，卻又很希望我譯，才讓董橋向我提出的。夏先生先前在給我的信中，已提過下次我出版散文集時他要替我寫序文，現在這封長信中，他重申這個意願，說他會很認真地寫，把我的小說也一併重讀而做個總評論。我覺得夏先生有一點「give-and-take」的味道，令我感到不太好。但那時我還沒有出版新書的計畫，所以也沒放在心上。

約一週後，我收到夏先生寄的徐枕亞小說《玉梨魂》（全書影印），以及他評析此作的英文論文。一見那論文，我倒抽一口氣。文章比我預料的長很多，文字句法看來很難翻譯。我一時猶豫不決，不知該不該接受這份工作。

《玉梨魂》是民國初年五四之前的文言文小說，我從來沒有讀過這種「鴛鴦蝴蝶派」作品。它的語言風格，十分獨特，自始至尾全是用四六對句駢文寫成，其中卻又夾著許多詩詞。小說的情節與氣氛，可以說是相當「病態」，十足反映當時的封建社會。異於五四作家，徐枕亞顯然是完全認同於這樣的社會。這類的小說，早已不合時宜，少有人知，但我認為在中國小說史上，也應佔一席之地。

夏先生對《玉梨魂》的評論，雖然很長，我研讀之後，覺得論點都很中肯，評析精闢入微，是一篇很好的論文。把這篇評論翻譯成中文，讓海內外華人共讀共享，認識一下民國初年有過這樣一部別緻的小說作品，是一件很有意義的事。於是我毅然——也是欣然——接受了這份工作，開始下筆翻譯。

結果卻是譯譯停停，磨了大半年，完成初稿，又經不少時日的修正與謄寫，總共費時十個月，在一九八四年一月二十六日終於完工。譯文長達三萬多字。我真感覺一身輕鬆，同時也有一份「成就感」。

夏先生接到我的譯稿後，很快就來信，表示感激，並稱讚我翻譯得很好。他說：

「昨天收到譯稿，今晚一口氣把它讀畢，讀來毫不費力，譯筆既信又達，真不知如何感謝你才好。今天舊曆元旦，讀你的譯稿，帶給我極大的喜悅，同時你譯《玉》文，這樣用心，實在過意不去。……國人間像你這樣的翻譯高手，我想不多了。……」

夏先生在信中，建議我翻譯一些自己特別喜愛的文學作品。他也再度提醒我，下次我出書，他要替我寫一篇長序。他說：「不只是報答你。好好 evaluate 一下你的成就，本身就是極應該做的事。」

《玉梨魂》評論的譯文，在一九八五年間，分別在香港的《明報月刊》及臺灣的《聯合文學》月刊登出。前者分三期連載，效果差些，《聯合文學》卻是一次刊完，而且放在頭一篇，非常引人注意。夏先生來信，再道謝一次，並說香港的林以亮先生也稱讚我是「內行」，翻譯得很流暢。

兩年後，我收集十年間所寫的二十五篇散文，輯成一冊，定書名為《生命的軌跡》，交由蔡文甫的九歌出版社出版。我沒有寫信告訴夏先生這件事。我所以沒有請夏先生寫序，我想主要是因為我不願讓自己覺得我是在索求「報償」。「Give-and-take」的意念，仍使我感到不自在。我也不想「利用」夏先生那時期對我所懷的感激之心。

其後十餘年間，我與夏先生保持通信聯絡。通常是一年一次，我在歲末寄賀年片給他，他便回我一封，卡片上總是密密麻麻地寫著好幾段字，很親切地問候我和祥霖的健康，祝我們新年快樂，同時述說他自己的生活狀況。我留下的籠統印象是，他非常認真做學問，很注意飲食的營養，也常到戶外運動。夏先生長壽，活到九十三歲，很可能跟他的生活紀律與保健知識有關。

進入二十一世紀後，由於我終止了歲末寄賀年片的多年老習慣，我與不少朋友之間的聯繫，就在不覺中斷掉了。近十幾年來，我雖然沒有再寫信給夏先生，卻從中文報刊或友人口中得知一些關於他的消息。二〇〇六年，我欣聞夏先生以八十五歲高齡當選中央研究院院士，非常為他高興。一兩年前白先勇告訴我，夏先生一度病危，住在醫院奄奄一息，全靠夏太太王洞不眠不休的細心照顧，才把他救活了過來。當時我想，下次有機會去紐約，一定要去看看他。不料尚未去成，夏先生就走了。

我翻出一疊舊照片，尋找一番，便找到了半個世紀前遺留下來的一張黑白相片。那是一九六三年六月八日，夏先生招待我們乘遊艇觀光紐約，大家在船上的合照。相片裏，夏先生坐在前面椅上，而白先勇、鮑鳳志、陳秀美（若曦）和我，站立在他後面。我算了一下，夏先生那年是四十二歲。我是二十四歲。

奇怪的是，這張半世紀前的照片，黑白分明，一點都沒有褪色，好像剛剛沖洗出來似的。景象如此鮮明，就在眼前，可見可摸，但五十年的歲月，哪裏去了？青春與活力，怎麼都閃逝了？

正當壯年的夏先生，如今駕鶴西去，而我們幾個同學，也都年邁七旬，垂垂老矣。思之不勝感傷。

二〇一四年一月十六日　美國德州奧斯汀

歐陽子

本名洪智惠，生於日本廣島，戰後回到臺灣，祖籍南投草屯。臺灣大學外文系學士，美國愛荷華大學文藝碩士，《現代文學》雜誌創始人之一。作品包括小說、散文、文學評論及翻譯。著有《秋葉》、《移植的櫻花》、《王謝堂前的燕子》、《生命的軌跡》、《跋涉山水歷史間》等書，並曾編輯《現代文學小說選集》上下冊。長年居住美國德州奧斯汀市。

Colorful and Contentious 的夏志清教授

施叔青

得悉夏老去世的消息，為這凋年殘景更添一份沉重的感傷。幾天來夏老的笑影聲貌時時浮現眼前。

遙想當年初探文學之門，嘗試著以小說寫作來探尋活著的意義，經由白先勇大哥的介紹，到哥大拜見夏老，一路上交織著朝聖大師敬畏與取經受教的期待心情，直至見面後，夏老的言談舉止着實令我錯愕不止。他會就是以精闢理性的文學批評肯定張愛玲、姜貴在現代文學史地位的夏志清教授？

以後去看他的次數多了，學會從他泥沙與珠玉齊下的言談中撿選寶貴的珍珠領教，當我看到他讓小女兒騎在肩上滿屋子飛跑父女同樂的情狀，真覺得他就是個老頑童。

初識夏公，我還是戲劇系的研究生，選了一門導演課，教授要學生各導一齣短劇，我決定導《王寶釧》一劇中的「武家坡」，正苦於不知何處可找到英文劇本，一問夏公，他立即從藏書抽出熊式一的劇作，譯者是他的朋友，這戲還在倫敦上演過，接著夏公還對他早年看過的平劇名角逐一品頭論足，對中國古典戲劇裏的元雜劇特別推崇。果真夏公學冠中西，博古通今，英美文學出身的夏教授，憑真才實學闖蕩美國學術界，他自成一家之言的《中國現代小說史》已成為公認的經典，他對中國詩詞不同凡響的的見解，往往令人禁不住拍案叫絕。在他之後，很難找到像他研究範圍如此廣泛，閱讀如此龐雜，又如此有創見，敢於說出旁人所不敢言的大學者了。

夏公尊敬學問，相信人類才智結晶的知識就是力量，他理性入世，並不想從生命中尋求解脫，與追求超凡入聖的宗教信仰不僅無緣，還極為排斥，認為學佛求超脫塵世、企圖盡去人生的葛藤是沒出息的想望，常以他慣有口無遮攔的語氣詆毀我這佛教徒。一輩子沉浸在書堆裏的他，老來猶是勤奮苦讀，直到最近幾年才聽他抱怨讀書寫作力不從心，每次見他卻依然手不釋卷。他在堆滿了書的書桌前俯身讀書的身影將常存我心中。

很懷念早年在夏公家的客廳有幸與白先勇、於梨華、楊牧、林衡哲以及好多文友們羣聚談文論藝的那些時光，夏公的上一個家絕對是紐約最精采的文藝沙龍。

施叔青

臺灣鹿港人，紐約市立大學戲劇碩士，小說創作之餘並從事平劇、歌仔戲研究，著有《香港三部曲》、《臺灣三部曲》等作品。榮獲多項文學獎，第十二屆國家文藝獎文學類得主，作品有英、日、法等譯文，現任臺北師範大學應華系講座教授。

我所認識的夏志清

趙淑俠

夏志清教授在二〇一三年十二月二十九日下午，跟他太太王洞女士說了句：「我很累，我要走了！」便悠悠然在夢境中踏出了這個人間世界。沒帶走伴著半生的盛名，也沒帶走用一生心血書寫的著作，他把它們留給了在文學國度裏探索鑽研的後人。他沒帶走一絲雲彩，時光像所有的日子一樣，仍在無聲又無情的流逝。甚麼都沒變，只是，當我聽到朋友告知「夏先生走了」的消息時，失落悲愴之情頓生，放下電話後淚眼模糊。

夏先生把我和妹妹淑敏定位為「好朋友」，常說：「我們是好朋友。」好友遠行永不賦歸，我心悵惘。

***

比起夏先生的許多朋友，我是認識他較晚的，應算是他晚年結交的，可以相談的朋友之一。

一九九一年的深秋，我從瑞士到波士頓做了演講，向哈佛大學的燕京圖書館捐贈了小說《賽金花》手稿，接著到洛杉磯去探望一位多年未見的老友，並開第二屆「海外華文女作家協會」會議，最後一站到紐約，這兒的作家協會早已訂好日子，安排了演講會。

到會不少人，幾乎都是初次見面。主辦人逐一介紹擁上來的文友。其中包括夏志清教授。上海口音的國語，笑嘻嘻的紅潤面孔，一派西式禮節，握手，大概像他一向初見女性那樣：照例的讚美漂亮，做驚豔狀。我在歐洲多年，早習慣了洋人禮俗，回說「謝謝讚美」。

那時我對夏先生認識粗淺，除了讀過他的大作《中國現代小說史》之外，只知他在美國當教授，和我熟識的唐德剛教授打過筆仗，後來又握手言和。其它的一切：後來聽說的形容詞「老頑童」，和色彩繽紛的八卦，皆一無所知。只覺得他是文質彬彬的一介中年江南書生。雖享盛名，卻是平易近人，沒絲毫架子，很是難得。不過夏先生的談鋒我可是領教了。因我的講題是「小說賽金花的意動與完成」，賽金花出身蘇州，碰巧夏先生也是蘇州人，他就講起蘇州來。我說本以為他是上海人。「生在上海，原籍蘇州，我有蘇州口音，你聽不出來嗎？」他說。說真的，我確沒聽出來。

演講開始，我說《賽金花》是以寫一個在紅塵慾海中掙扎著想做正常人的風塵女子，卻因社會不給機會，幾經命運玩弄，最後還是淪為男性社會的犧牲品為經，八國聯軍為緯，寫成的一部歷史人物小說。

足足講了一小時，其後眾人討論發言，很是熱鬧。夏先生也說了話，有所鼓勵，還說目前歐美正在流行「女性主義」小說，叫我繼續努力。會後大家合影，共分三排，中排坐，後排站，前排蹲。我是請來的客人，自然被放在中排的最中間。令我吃驚的是、夏先生不坐也不站，而是蹲。就蹲在我的座位前。當時我就想：何等的不拘小節，分明是竹林七賢之輩嘛！關於這一點，我唯恐記錯，特向紐約作協周勻之會長求證。他說我沒記錯，夏先生確是蹲著的。說著一算，那時夏先生已七十歲，還能一蹲十來分鐘，健康情況很不錯呢！我問周會長能否找到那張相片？他回去翻箱倒篋的找了一陣，回答是「遍尋不獲」。

＊＊＊

世紀交替之際，我在曼哈頓弄了個住處，每年到紐約待段時間，做了幾年「空中飛人」，同時也認識了許多新朋友，加入好幾個文學組織。譬如姚學吾教授主持的「北京大學筆會」，舊識唐德剛大哥介紹加入「海外國際筆會」，再加上「北美華文作協」，文化生活頗不寂寞。夏先生是圈中大老，藝文界活動常有他在座，我有數次與夏先生同臺演講的經驗。

第一次是在新銳青年女作家章緣的小說《大水之夜》新書發佈會上。夏先生和我擔任主講，著名主持人江漢指揮全局。夏先生的即興發言，一開口便滔滔不絕是出了名的。那天還算克制，只超過十多分鐘。但我聽出他是真正讀過《大水之夜》的內容，對這位年輕作者鼓勵有加，顯然對跟上來的文學新生代十分關懷。

＊＊＊

我在小學五年級開始看文學書，其實那時腦子裏尚無「文學」兩字，看書是為了「好看」。最迷戀的一個是張恨水，一個是曹禺，其他作家的小說和劇本也著迷，總之，是所有作家的忠實讀者。

在南京讀中學時，從同學處借到錢鍾書的《圍城》，一讀之下，大為沉醉，雖然甚麼理論也不懂，但認為有趣，幽默，很多形容詞和對話既鋒利尖銳又夠挖苦，讀來好不痛快。連著讀了兩遍，毫不猶疑的把它定位為最好看的小說，超過以前看過的中國小說和翻譯作品。這樣的印象一直存在我的思想中。唯一的改變是：走過了漫長的人生路，看盡人世的生老病死之後，心生慈悲，覺得如果《圍城》裏少點傲氣和尖銳，多一點悲憫的話，就更好了。

二〇〇二年十二月八日，紐約華文作家協會為湯晏的新作《民國第一才子——錢鍾書傳》舉辦研討會，請夏志清教授與我做主講人。夏先生是「錢學」的開山師祖，名滿天下，我是一個由顏色盤裏闖進文學天地的半路出家者，居然要在文學大師面前講文學，豈非班門弄斧！在夏先生把《圍城》和錢鍾書，做了那麼精雕細刻的分析之後，我是否應在這樣的場合說出不同意見頗感躊躇。但轉念一想，各人可有自己的見解，有誰不認同乃屬自然，文學本是最個人，最主觀的自由想像。文學就是文學，看法儘管相異，原理卻不離其宗，沒甚麼可顧及的！我的性格裏向有自信一項，想著便開講。我說錢鍾書可以稱得上是一名大才子，但卻不是一位「偉大的作家」，他缺乏偉大作家應有的悲天憫人的胸懷。他太滿足自己的才華，行文中傲氣逼人，就像女人太注重自己的美麗，炫耀得太過。

夏先生當時沒說甚麼，下臺後卻跟我說：「趙淑俠啊！小說家沒那麼多使命感，為甚麼一定要悲天憫人呢！」

第二天報紙上把我對錢鍾書「不是一位偉大的作家」的話登了出來。而到現在，《圍城》是最好看的小說，在我的認知中並無改變。

＊＊＊

我與夏先生是有話可談的朋友，如果集會時正好鄰坐，常會很快的聊起來，內容是與文學無甚關連的「業餘愛好」。

「西方音樂了不起，我很喜歡的」，夏先生曾如此說。

我在歐洲三十年，酷愛西方古典音樂，對巴哈、貝多芬、莫扎特的作品最為激賞，喜聽唱，男高音是我的最愛。堪稱半個歌劇迷。但跟夏先生交談後才知道，他對西方古典音樂的認識不深，還停留在「男高音都是大胖子」的階段，談不起來。但有次聊起好萊塢電影，那個明星是那個導演捧起來的，那導演的身世背景，某大明星離過幾次婚，他最喜愛的電影「雙豹趣史」等等，說起來如數家珍。他說的多是三四十年代的影界的人和事，我不是很跟得上，可說到五六十年代互動就來了。

「女演員裏我喜歡赫本」，夏先生認真的說。

「我也喜歡赫本」，我說。

「她演的《費城故事》多好啊！」

「《羅馬假期》吧？她哪裏演過《費城故事》？」

終於弄清楚，他的赫本是凱瑟琳・赫本（Katharine Hepburn），我的赫本是奧黛麗・赫本（Audrey Hepburn），不禁大笑。

夏先生最推崇的男明星是卡萊・葛倫（Cary Grant）。我說，「他不吸引我，蒙哥馬利克里夫特（Montgomery Clift）和葛雷哥萊・畢克（Gregory Peck）都比他強。」兩人各為偶像衛護一番，終於找到共同擁戴的人物男女各一：亨弗萊・鮑嘉（Humphrey Bogart）和英格麗・褒曼（Ingrid Bergman）。

夏先生談他看京劇的經驗我最羨慕。他早年在上海，看過梅蘭芳、馬連良、譚富英、筱翠花、李少春、裘盛榮等名角的戲，在京劇領域可稱見過大世面。特別是談到葉盛蘭，論扮相、武功、臺風、唱功，兩人都會情不自禁的擊節稱讚。我說：「可惜我只看過他的錄影，沒看過本人表演。」夏先生道：「你當然看不到本人表演。可我看過呀！」言下不勝得意。兩人都認為：葉盛蘭的兒子葉少蘭，梅蘭芳兒子梅葆玖，比他們老爸差遠了。

夏先生最能跟我談到一起的，是不看武俠小說。有次談起「武俠」，舉座都有好經驗，七嘴八舌好不熱鬧，輪到我，我就說真話：「從不看武俠小說。」舉座聞之愕然，彷彿聽到誰說生平沒吃過飯一樣。這時旁邊的夏先生發話了：「我是不看武俠小說的。」我又說：「不看武俠與它是不是文學無關，而是看不下去。曾認真的讀過武俠大家的經典名作，結果是很不容易的看了半本，還是得放棄，真的看不下去。」我一邊說，夏先生一邊表示贊同，連呼「同志」還要握握手。這以後他便常稱我為同志。

＊＊＊

二〇一一年一月二十九日是夏志清先生九十大壽。當時的「紐約華文作家協會」會長宣樹錚是蘇州人，特別找來蘇州同鄉會，與紐約華文作協一起辦祝壽大宴，地點在皇后區法拉盛東溢豐餐廳。夏家住在曼哈頓的哥大附近，對行動不便的夏先生來說，算是遠距離。但時辰一到，開車的文友已把老壽星接來。滿臉是笑的夏先生坐在輪椅上，夫人王洞女士推著，走進歡迎的人群中。「啊！你們都在這裏，哈哈！」

夏先生一副人逢喜事精神爽的神情，跟大家一個個的打招呼，出言不失幽默本色，對叢甦揚手招呼：「這是我的好朋友。」對一個本來就不瘦的朋友說：「你怎麼變得更胖了！」發現我穿著綠色上衣，說：「妳是永遠的春天。」他真的顯得很開心，現場氣氛頓時熱絡起來。

我被分配跟夏先生夫婦一桌，正好跟他們聊天講笑話。同桌的都不算年輕，很自然就談到目前非常流行的健康，保健話題。

「我很了不起的！臉上沒有皺紋，看不出九十歲的。」夏先生說。

「是啊！你是了不起，一張臉紅撲撲的，真是鶴髮童顏。」大家跟著湊趣。

「了不起」是夏先生的口頭語。不了解的人也許會想：這個人怎麼總在自吹自擂！跟他相熟的朋友聽慣了就能領會：他的「了不起」無非是「很不錯」，「我滿意」的意思。日子久了，跟他說話也會用「了不起」。

一片熱烘烘的氣氛中，夏氏夫婦被擁到在正中間的桌前，吹熄蠟燭切蛋糕，眾人拍手唱生日快樂歌。分享生日蛋糕時，王洞對我說：「我好擔心哦！今天沒帶氧氣來。」

「要用氧氣嗎？」

「自他開刀後，心臟功能不夠了，到人多場合一定要帶氧氣。」王洞很憂心的口氣。那是我初次知道夏先生的病情。

不管別人怎麼說，他們以前的生活怎樣我也沒看見，不清楚。在最近十年較近的交往中，我覺得夏先生善良、坦率、天真、城府不深，不像一些自以為有名的人，裝腔作勢，彷彿天地雖大，卻不夠容他。我也看出他們夫妻間的和諧與默契。

夏先生變得越來越喜歡在朋友面前對太太公開示愛。給王洞買隻手錶，買件新裝，就喜孜孜的告訴大家：「我給她買的。」大家看了誇好，他就滿足的笑起來。在夏先生大病之後，他真的全心全意的信賴，依靠著王洞，王洞也無微不至的照顧他，他喜歡的事，她總設法給他達成願望。

現在的人都不浪費，又講環保，今天剩下的食物可留明天吃。王洞告訴我，她總是自己吃舊的，給先生吃新鮮的。在事業上，王洞也是夏先生的好幫手。夏先生對電腦一竅不通，舉凡有關電子書稿校對等等一切，都由太太料理。有次我對夏先生說：你最大的幸運，就是有王洞這樣一位好太太。他完全認同，笑得合不攏嘴。

＊＊＊

夏先生愛朋友，喜熱鬧，行動雖不便，有大型集會還是要太太王洞陪他出席。二〇一二年夏天，文化部長龍應台訪紐約，會見各界。文經處招待餐聚。夏先生和王洞夫婦與我們姐妹一桌。夏先生還是一貫的樂天形象，笑嘻嘻的談鋒甚健。龍應台是我歐洲舊識，特別過來與我和夏先生打招呼，口稱「夏老師」。接著旁邊桌上的經文處處長高振群、《世界日報》總編輯翁臺生也坐過來了，夏先生更是如沐春風侃侃而談，絲毫看不出病容。

夏先生最後一次出現在公眾場合，應是二〇一二年九月，北美華文作家協會大會的開幕式。會長趙俊邁為了感念故去的馬克任前會長，長達十四年主持會務的辛勞，要致贈一座紀念牌，請馬先生遺孀劉晴女士接納，夏志清教授擔任頒發。兩位長者都坐輪椅前來，夏先生明顯的現出老弱之態。

開幕式的最後節目是團體照。照畢剛要離開，卻來了幾位媒體記者和文友，要求陪夏教授等太太取輪椅的白先勇、施叔青和我，趁著空檔讓他們攝影留念。我還來不及反應，只見身邊的夏先生已顫顫巍巍的掙扎著要站起來。我這一驚非同小可，連忙雙手扶住，大家便攝取了這難得的匆匆一瞬間。

二〇一三年春天，和幾位朋友在一個場合相遇，都念起夏先生，說久無消息，不知他近況如何？於是定個日子去探望。

半年未見，夏先生見到我們非常快樂，笑得呵呵的。幾個人簇擁著，王洞推著輪椅，夏先生仍然有說有笑，沿著行人道緩緩前行，到他們熟悉的一家義大利餐館。談話間感到夏先生的聽力更差了，其他並無多少改變。傳言說他已認不清人，常給人張冠李戴。但那天全沒這現象，他認識我們每一個人，仍是能吃能喝，開玩笑也沒弄錯對象。

想不到那就是最後一次見到夏先生。道別時他坐在輪椅上，直說叫我們再去，每人都說會再去的。如今他竟爽約告退了。九十二歲高齡古來稀，照說不應悲傷。但失去這樣一位好朋友，再也聽不到他爽朗的笑聲和幽默的笑話、電影、京劇，不看武俠小說的話題也沒人談了，思之怎不令人心傷。

趙淑俠

曾任美術設計師，一九七〇年開始專業寫作，著有長短篇小說及散文，出版作品近四十種，包括三本德語譯本小說。獲中國文藝協會小說創作獎，中山文藝小說創作獎，世界華文作家協會終身成就獎。大陸出版趙氏作品多部，深受讀者歡迎。創辦「歐洲華文作家協會」，擔任首任會長。曾任「海外華文女作家協會」會長。現為「世界華文作家協會」名譽副會長。

那一夕，我們哈哈笑

趙淑敏

沒記錯，應該是二〇一二年的八月。膺任第一屆文化部長的龍應台到訪紐約，文經處又邀集了各界來餐聚。主辦的紐約文化中心仍以臺灣小吃款待來賓。隨興中也有席位的安排，他們把姊姊和我排在二排中，一個四人同席的小圓桌，我們這一桌中心主任游淑靜坐了主人位，另外還有一位文質彬彬的男士介紹過卻忘了名姓。那天我們因搭便車早到了一會兒，坐定以後看看周遭，習於準時的夏家夫婦卻還沒來，直到場子上座八九成，才見由工作人員護送他們前來，年輕的一輩有力氣，輪椅推著夏先生快速暢行在前，這次王洞可以輕鬆地跟在後面。夏滿面笑容一路上跟大家打著招呼，一眼看見姐和我也在跟他輕輕揮手致意，他立刻揚聲嚷著：「趙淑俠趙淑敏在那裏，我要跟趙家姐妹坐一起！」那位年輕人卻一口氣把他送到第一排高大使座旁。但是他坐在那裏還不時回過頭來說說講講。

快要開始了，我到樓下去了一趟回來，拉開椅子坐下，一抬頭，正碰上咧著嘴笑得得意的眼睛，像是在說：「看我的好計得逞，我們還是換過來了。」之後除了官式的程序，我們很自得的開起小型同樂會。忘了都談些什麼，應該是無所不談，甚至言不及義。似乎姐姐又曾和夏先生切磋了他們偏愛的西洋電影，再次共同聲明不看武俠小說的堅持等等；我沒參加這樣的「同志會」，我認為武俠的題材一樣可以創作為純文學作品。那一夕，美食、紅酒，王洞忙著一趟一趟跑來跑去取食拿酒，夏只管高談闊論，笑語連連，樂得不得了。我們了無壓力地「胡說八道」，充分享受文人清談的樂趣。那一次我感受夏教授把我也當作他形容的「好朋友」是真的，並非僅是應酬之詞。

夏先生是非傳統的廟堂內人物，偶然還有些口無遮攔，但是不曾聽他用刻薄的話損過誰。他的一些八卦很不怕人議論，也不閃躲，但是我們相當有分寸，姐姐把他當朋友，我同樣嘻嘻哈哈，對這位年長的先進卻始終持面對前輩的態度（我以為學界應尊重這樣的倫理），儘管他在信上稱我為「學妹」，我回信卻只好意思自稱「後學」。世人皆知張愛玲的作品是由他從鴛鴦蝴蝶派的灘地拔送到文學殿堂的，卻不知在三〇年代橫空出世《科爾沁草原》的作者端木蕻良，因蕭紅公案而觸怒文壇發霉多年後，也是夏教授用公平態度讓端木重新面世的。他叫我學妹有因，因為我也曾做端木蕻良的研究，為端木作品的風格探源。夏不怕人問八卦，彷彿認為是真朋友便可以涉及個人私事。一次在大家聚會的場合，他就當著眾人說有問題要問我，當時王洞連聲阻止，他還是要問，知道他的個性，就任他問。可是因為涉及到其他的人，便只能回答「不是，傳說不確」，並未多說。直到唐德剛大哥過世，需寫一篇文字，乃將他要的答案包括在內，因為知道他們也會看《傳記文學》雜誌，那麼不辯自明而可以避免說人是非和正面反駁。後來他們看到那篇文章，知道弄錯了，我未以為忤，因為多年的了解，已知他的性情，他沒有惡意只是好奇求證。

在一群朋友中我認識夏公算是較晚的，一九九二年夏天北美華文作協年會，我應邀來紐約演講才初結識。昔日琦君大姐與我在臺灣頗有往還，他鄉遇故知豈能不好好敘舊，而夏恰是琦君的好友，三個人就湊在一處，都說了些什麼我忘了，只記得在一起拍了幾張照片，而且還曾和夏單獨合影。夏先生的西洋習慣不攬腰便撫肩，那天也是一樣，我是走過世界的人，沒有大驚小怪。但那時還屬遊客，頂多每年來度假，我與紐約的人和事仍生疏，沒有互動，一九九八年後受限於規定不得不做候鳥常飛到紐約，才慢慢融入此地作家圈圈，但心理上還是疏離的邊緣人，若說有什麼真正接觸，不過是隨大流的活動，有時碰到特別熱鬧或熱情的場面，我習於避讓到圈圈外。所以與夏也還不是有朋友意義的朋友。

直到二〇〇二年的十二月八日，那天作協在文教中心舊址，舉辦一場錢鍾書作品《圍城》的討論會，請夏志清、趙淑俠與湯晏開講，馬克任會長坐鎮。可能由於都是大老級的人物上場，所以找了我這在臺灣由經驗鍛鍊出來的老手主持。也就因此，心裏不敢輕慢，做了一點必要的準備。為了討論的節奏能有韻律不呆滯；無人會覺得受到冷落；與會者都有參予感一抒己見的可能，我把一位晚輩送我的瑞士牛鈴也帶去了。因為聞說夏教授一講得興起，便如黃河之水天上來，收不住閘，給他遞條子，他也不看。為流程順暢，我便大膽帶了牛鈴，先講遊戲規則，再認真「執法」。那天禮堂滿座，氣氛很好，散了會有數位不相識的先生女士趨前致意，說那是一場好會，生動有內容，我控制得當，大家歡喜！這樣的肯定我當然開心，但讓我暗暗高興的還是夏先生在與我單獨相對時說的：「你不一樣，你是有學問有研究的。」他的態度一本正經十分誠懇，不是打哈哈，我認為是前輩在鼓勵後進。我非常感謝他並沒怪我用牛鈴傳達還有一分鐘便須結束的霸道。

除了望著夏氏伉儷的背影，我曾有泫然淚下的感覺，此刻想到夏志清教授我沒有眼淚。用福壽全歸來形容，太俗了！可是對他的率性如意活得自在的無憾一生，用圓滿來形容是恰當的。當幾人在義大利餐廳飯罷又喝過咖啡，談夠了，說夠了，笑夠了，「散會」以後，我們目送王洞推著夏先生的輪椅，沿著行人道走向回家的路。跟我同樣矮小灰髮的王洞，用全身的力量，推著坐在輪椅上白髮的夏志清緩緩前行，陽光下夏的頭髮顯得特別亮白，王洞的灰花髮絲被風掀動著，顧不得撫順自己的頭髮，卻停住輪椅把夏的風衣領子整理了一下，然後繼續用全身的力量推動那輪椅。是！不過是常人生活中的風景，但是對夏志清那是一種什麼樣的相伴依靠，什麼樣美麗又溫暖的晚景呢？我為一位「老」友恬淡的幸福而感動。因此，他可以笑口常開。正是如此，除了登臺演講，討論文學，嚴肅一會兒，此外見到的他，總是嘻嘻哈哈；哪怕病後的他已舉步維艱，仍是能吃能喝能開玩笑，樂呵呵的。

手邊唯一的一冊《采玉華章》在案頭，撫著書面，我有些後悔，為什麼沒好好想想，先把樣書按我的承諾，親自送給夏先生，也算是我做人的一個交代。出版社各空郵兩本給另一位主編石麗東和我，我必須留一冊在手邊當資料使用，另一本我送給了剛剛獲頒新聞傳播獎的朋友。但是就沒想周全的是，獲獎朋友猶在健康中年，可以緩一緩，而年長三十餘歲的夏教授已頻頻入出醫院。我！笨啊！因此在確認夏先生大去的消息之後，我第一時間電郵給王洞，說明我的懊惱與後悔，表示抱歉。實際那時我仍在切割手術後各式的大痛小痛之中，還顧不到別的。姐姐叫我別後悔，說我就是那時能去一趟也是添亂。果然，王洞來電話，跟我說的第一句話是「你的病怎麼樣了？」於是開始談我的病，電話中聊得很多，她有一句「你們是夏先生的好朋友……」讓我放了心，好朋友是不會計較的。

二〇一三年對我個人也很關重要，不僅是面臨到健康空前的威脅，在確診之後我還跑了趟臺灣、馬來西亞和新加坡，然後再將自己送去挨刀。之前我還受邀與石麗東合編一冊美國華文作家選集，在頻頻看醫生跑化驗所的煎熬中做完了我的編輯工作。之所以答應贊襄編務，因為我認為是為作家與讀者服務，非常有意義。邀稿時有兩種途徑，一個是拜託賜稿，一種是見文追人。雖然夏先生年壽已高，但論及美國華文作家他豈可缺席，於是找出夏先生二〇〇四年送給「吾友淑敏」的《談文藝，憶師友》，選中了他的〈書房天地〉一文，單刀直入寫信索取了，回電話的是王洞，她表示沒有問題，事情都是她在做，而她知道我提出的要求，夏當然樂於支持。可是，沒有電子稿！「沒關係，只要同意，我來做書僮」，就這樣我用了四天的時間把這篇文章敲了出來。

從不知輸入別人的文字如此困難，因為每個人行文遣詞用字的習慣與風格不同，大多數時候不能一句一句看，需逐字閱讀敲鍵，常發現自己的習慣侵犯到作者的書寫，馬上須改一遍；不知改過多少遍，好累！對此書我們很用心，在我的規劃，還想設計一點文壇佳話，比如二周的兄弟檔、兩趙的姊妹檔、夏王的師生檔；當然夏王的師生檔最為亮點。既然追來了夏志清的大作，便繼續努力索來王德威的宏文，如此亮點才會發亮。後來因書的份量太重，除了我將序文刪減，也撤下自己的小說，兩趙缺一趙也就無關宏旨了。此書卒得順利喜樂問世，後來個人因此受到乖戾的對待，只能當作一樁俗人因果，不然如何？！夏先生是坦率的性情中人，需要人分擔，願意在此說與他知。夏先生「學妹」有理無處說啊！

趙淑敏

曾任臺灣東吳大學教授，大陸數所大學客座教授。曾任婦女作協，專欄作協、文藝協會等會理事、常務理事。作品有小說《歸根》、《離人心上秋》、《驚夢》，散文《多情樹》、《采菊東籬下》、《乘著歌聲的翅膀》、《蕭邦旅社》、《在紐約的角落》等二十四種。散文集《心海的迴航》一九七九年獲中興文藝獎，長篇小說《松花江的浪》一九八六年獲獎、一九八八年再獲國家文藝獎（舊制）；散文〈落日〉獲大陸《芒種》雜誌年度優良散文獎。

追憶故友夏志清

董鼎山

二〇一三年的聖誕節前夕，我於半夜起床去浴室，身體搖擺不停，摔了一跤，在家具上碰傷胸部肋骨，疼痛非常，驚醒老伴，急送醫院治療，醫生檢查了X光後，說我骨頭未斷，不需手術。經過長期療養，終會自愈。但我疼痛難當，晚上不能睡覺，只要咳嗽一下就覺胸骨劇疼。朋友要前來探訪，只能謝絕。白天橫躺在椅上看書報打瞌睡，晚上防止打噴嚏或咳嗽。次日聖誕節，外孫女高高興興來家打開禮物，熱熱鬧鬧，也引不起我的興趣，情緒低落，深覺長生有何意思？

數天後突然接到許多朋友電話告訴我老友夏志清去世的消息，立起兔死狐悲之感。他長我二歲，我想到年前去世的另一老友唐德剛。有一時期，朋友們因為我們三人興趣相投，年齡相若，把我們戲稱為「紐約三老」。我深感慚愧：區區的我，怎可與這兩位學術高深的朋友相提並論？我對歷史學家唐德剛的口述歷史與後來寫成的胡適、李宗仁等傳記極為欣賞，而夏志清的獨一無二的英文著作《中國現代小說史》一書，則是我與美國文友談論中國現代文學時的資料依據。

多年前我們「三老」經常相聚，最有趣的一件事是所謂「東唐西夏」（或「西夏東唐」）之間的筆戰。筆戰源於對《紅樓夢》一書的爭執。我對紅學不熟，在一旁只覺兩位老友的學術爭論非常有趣。許多朋友把這兩位好友之間面紅耳赤（在我們聚餐時）的辯論看作一場好戲，他們夾了英語的安徽官話（唐）與蘇州官話（夏），加上我這個講寧波官話者的偶然穿插，一定讓在場旁觀者感到好笑。

夏志清與其兄夏濟安早在我青年時代即蜚聲文壇。我與弟弟樂山當時很覺艷羨，一心希望我倆兄弟也有幸與他們齊名。濟安早逝，讓我深感遺憾的是樂山一直未有機會與志清相會。盛年時，樂山在反右與文革期間吃盡苦頭。

我兄弟在少年時對張愛玲的作品都很著迷。那時我們已開始在柯靈所編的《萬象》雜誌發表散文與小說，而當時由柯靈一手提拔出來的張愛玲正在上海文壇大出風頭。我還記得某次柯靈與一群替《萬象》供稿的「小嘍囉」們（除我兄弟以外，還有沉寂、何為、沈毓剛，以及徐開壘等）聚會，談話間，他盛讚張愛玲，囑我們要向她「學習」。張愛玲那時雖享有盛名，但深居簡出，我們只見過她一次。沒有想到多年以後，經夏志清登高一呼，張愛玲聲名鵲起，在大陸、臺灣、香港等地吸引了大群青年讀者。

夏兄說話喜歡打蹦（上海話，即「打趣」），在餐桌上談笑風生，我們都喜歡與他坐在一桌，因為談話更有趣味。但他的興趣是在美麗女郎，坐在美女旁邊時，他那毫不掩蔽的讚美和假裝調情的態度，令美女受寵若驚，使我們同桌者大樂。我還記得，某次我帶了妻子與他及唐德剛夫婦在唐人街一起用飯，他又是談笑風生，手舞足蹈，一下子將我那已是老太婆妻子的老花眼鏡打落在桌上，我們一起大笑。至今，我向老伴提起夏兄時還是指明「那位打掉了你的眼鏡的夏教授。」

我們最後一次相聚是朋友們替他開宴會慶祝他九十壽辰。飯後一位朋友自告奮勇要開車將我們兩位老人送回家。當時志清已坐了輪椅，由夏夫人王洞推著。我們先到他家，我見夏夫人努力推輪椅從車邊走向人行道，一陣心酸。此後我們都因老弱，沒有機會再見。

現在我自己也因傷了胸骨臥病，「紐約三老」只有一老仍存。有朋友問我是否信仰宗教，我說我父母信佛，我是教會學校出身，妻女上教堂做禮拜，而我則是無神論者。這位朋友勸我信教。如今我將近終年，也覺心動。誰知道？不久唐夏董三老也許將在天堂相會。

（二〇一四年一月十二日發表於《僑報》週末版）

董鼎山

聖約翰大學英文系畢業，一九四七年赴美，先後在密蘇里大學與哥倫比亞大學研究院攻讀，曾任報刊編輯、紐約市立大學教授，一九八九年退休。著有《紐約客書林漫步》、《西窗漫記》等多種，中英文作品散見於中美報刊。擔任國際筆會紐約華文作家筆會會長。

只此一家夏志清

宣樹錚

二〇一三年十二月三十日下午，正坐桌前看書，電話鈴響，五月的聲音，有些急促：「夏志清先生昨天去世了！」

夏先生身體不好的消息前些日子我已聽說了，對夏先生的走我並不太吃驚，也沒有太悲傷，九十三歲，照以前的說法，這是「喜喪」，不哭，不戴白孝，要戴紅的了。但是我感到失落，面對懸崖江河看長星落地，又走了個大師。書是看不下去了，心血來潮。我和夏先生真正有接觸和有交往大概始於《彼岸》創刊的二〇〇一年。要說交往也是淡淡的，沒有通過信，年終的賀卡往往就是短箇。我把夏先生當年的贈書、寄來的賀年卡，以及二〇〇一年到二〇〇六年的日記找出來，逐一翻看。漸漸，夏先生的音容笑貌，他的詼諧幽默，他的快人快語，他的亦俠亦狂，他的熱情，他的悲憫，他的率直，他的天真……，啊，一個可親可敬的「老頑童」又出現在眼前了。

夏先生原籍蘇州，生在上海浦東，在蘇州沒有長住過，但偶爾聽他說幾句蘇白也還地道。二〇〇三年聖誕互寄年卡，我稱他「夏先生」，他寄我的年卡上說：「我們同鄉同行，只能兄弟相稱，絕不可稱我為「先生」，何況「先生」二字已成為一般婦女稱其丈夫的代名詞了……」我成婦女了，夏先生幽了一默。年卡最後夏先生附上一筆：「年卡頗幽默，增加些喜氣！」無論是贈書還是賀卡上，夏先生對我的稱謂都是「兄」、「吾兄」、「鄉兄」，按說我們還是校友，抗戰勝利後，夏先生在北大英文系當助教，教過一陣書，但從來不以「學兄」、「學弟」相稱。夏先生說他在北大時，人家都不把他放眼裏，現在無心回首。

夏先生的公開講話、即興發言可謂只此一家：天馬行空混江龍，靈感就是邏輯，思想赤膊上陣，詞鋒犀利，妙趣橫生，肆無忌憚！有人聽了皺眉，視作胡扯。但我很喜歡，甚至感到痛快，這是知性的挑戰。我真還沒有聽到過哪位學者教授像夏先生這麼講話的，別無分店。這讓我聯想起蘇州的兩位鄉先賢：明的唐伯虎、清的金聖嘆，才子+狂生，這也是蘇州另類傳統的文人氣質，夏先生庶幾得其一二？

二〇〇一年一次聽夏先生臺上講話以後，聖誕來了，我們在卡上有過這麼一段對話—我說，「聽先生講談，快語飛刀，詞鋒鳴鏑，尤其月旦人事，直如嚴滄浪所謂「取人心肝劊子手」，痛快淋漓……。」夏先生答道：「在講臺上亂講話，確是人生樂事之一；寫文章，字字都得推敲，苦中作樂也……。」

二〇〇二年十一月八日，紐約華文作協讀書會討論錢鍾書，夏志清、趙淑俠等都出席了，八十餘高齡的袁可嘉先生也由女兒陪着來了。夏先生的講話談笑風生，妙語發噱。他大概瞥見我坐在下面欣欣然神情專注，這一年的聖誕賀卡上，夏先生寫道：「您好像特別愛聽我的『妙論』，每次有兄在場，我就講得比較『精彩』。其實那天下午您講得也不俗（我是後來被點名，不得不即興講幾句）。你我多愛講真話，比較引人注意。一時尚不可能為《彼岸》寫稿（我跟他約稿了），自己的事情做不完，他人託我做的事也不斷。譬如說，人家要拿 green card，就找我寫信，此類請求就不會斷的。」就在那次討論會結束後，我和夏先生站一旁聊天，一位女士過來要請夏先生給她的書寫序。夏先生婉拒了。夏先生皺着眉搖了搖頭嘆道：「她是誰我都不認識。」

夏先生對家鄉的感情很深，聖誕卡上還專門談起蘇州評彈：「蘇州的彈詞名家姓夏的只有夏荷生，我在上海曾聽過他一場書。那時雙檔最受歡迎，單唱就只有夏、徐雲志、李伯康、周玉泉等人了。夏專唱《三笑》、《描金鳳》這兩部書……」夏荷生的書我沒有趕上聽，徐雲志聽過，專說《三笑》。聽五月說，夏先生講起過他哥哥夏濟安在蘇州桃塢中學上過學，桃塢中學在蘇州桃花塢，正是唐伯虎住的地方。夏先生如果還在，見面談談唐伯虎，談談桃花塢，一定能聽到不少妙論。

只要涉及家鄉的事，夏先生就很熱心。二〇〇一年，湯振海教授發起創建蘇州同鄉會，七月六日在中國城成立籌委會，夏先生八十歲高齡還是趕來了，而且是晚上。會議結束，我和夏先生地鐵同路到時報廣場分手。在呼嘯的地鐵上從容地聊。夏先生告訴我，袁可嘉先生在美國，住女兒處，離夏先生家不遠，常有來往。夏先生問起湯振海教授的境況，湯是我蘇州大學同事，來美國才一年多，生活、工作都不太順利，夏先生蹙緊眉頭發愁：「啊喲，這，這怎麼辦？想想法子能不能幫上他？」後來湯申請特殊人才移民，夏先生寫了推薦信。

蘇州同鄉會每年有一次年終聚餐，二〇〇三年聚餐在十二月六日晚，地點是中國城「火鍋城」。晚上尖風薄雪路難行，原定有八、九十人，結果到了不足三十人。夏先生、夏太太從上城趕來了，有些出人意料。我日記有這麼一段記載：夏志清先生先我到火鍋城，一見我就嗷嗷大聲：「這個人不得了，北京大學教授（天啊！），才子，文章寫得好。」我只能應和着笑：「不是的啦。」夏又說，「我們兩個人的文章登在一張報上（指紐約華文作協的小報《文薈》）……我們兩個蘇州人，受兩個山西人的氣（太太都是山西人）。」幽默、詼諧、調侃……，夏先生總能帶來趣味和歡樂。一個快樂的老頑童。二〇〇四年七月，法拉盛圖書館舉行夏先生文學回顧講演，從曼哈頓打出租車趕來，不料司機不認路，來晚了十來分鐘，滿堂聽眾排排坐翹首以盼。夏先生進場就大呼車夫神經病。這可算是開講前的「得勝頭回」。

哥倫比亞大學區的夏先生家我前後到過兩次。九一一過後的那個星期二，九月十八日早晨，夏先生來電話，說今天是袁可嘉先生生日，問我能不能晚上去吃頓飯。我正好晚上有事纏身，結果就改在星期四晚上。這是我第一次上夏先生家，無異走進書城，房間裏散發着溫馨的人文氣息和時光懶散的詩意。袁可嘉先生和女兒還有孫女已經在，湯振海也來了。夏先生見了我，脫口就說「Handsome，handsome」，我一時沒有反應過來。湯在一旁說：「夏先生說你 handsome。」這輩子還沒人 handsome 過我，對這玩笑我只能假癡假呆。袁可嘉先生是前輩，雖然初次見面，但並不陌生，讀過他不少文章，書架上還有他編的八冊《外國現代派作品選》。小談片刻後，夏先生就帶我們到附近一家中餐館就餐。我日記上記了幾句：席間夏先生侃侃而談，對袁先生孫女多所叮囑：「不要輕易在party上喝別人給的飲料，免得上當遭辱……」等等。餐館出來，細雨綿綿，道別時，我把幾篇文章的複印件給夏先生，這是我生平第一次主動送文章給人看，恐怕也是最後一次。九月二十九日，為了核對《彼岸》一篇待發文章中作者引用夏先生說的話，我給夏先生打電話。夏先生接了電話就說：「你的文章好，《師影》，王瑤，唉——。」《師影》是我回憶當年北大老師的文章，寫到了王瑤先生。夏先生說，他太太看《世界日報》，看我的文章，知道我。我當年的文章幾乎都發在《世副》上。

二〇〇三年開始夏先生給我的賀年卡上的稱呼從「樹錚吾兄」換成了「樹錚兄嫂」。二〇〇七年春我和湯振海上夏先生家，這是我第二次上夏先生家。夏先生精神還好，聊了一陣，夏先生要贈我們一人一本《談文藝憶師友》，找不到書了。夏太太說就在桌子上啊，夏太太進書房拿了來。夏太太說：「他現在記憶力不行，放的東西轉身就忘。」二〇〇八年七月，夏太太打電話告訴我託人帶去的朱大可的書已經收到，在電話裏和夏先生談了一陣，夏太太說：「夏先生精神已不如前，寫個小東西都要好幾天。」兩年後，華文作協在法拉盛為夏先生做九十大壽，夏先生已坐輪椅了。這是最後一次見夏先生。

在賀年卡裏，夏先生多次提到找機會見面敘敘。二〇〇三年：「回春後，我們兩對南北和的夫婦相敘是大好事，但最好在曼哈頓，法拉盛太遠（我有心臟病，不方便）。」二〇〇四年：「兄受過迫害，同我一見如故。……雞年當有相敘機會。我即將八十四歲了，兄尚年輕，還可以大幹一番。」二〇〇五年：「那天在郁達夫會上，我們重聚，的確談得很高興。可惜法拉盛同哥大地區差一大段距離，平日見面不易。盼兄常來曼哈頓，可多見面也。」

……啊——

宣樹錚

生於蘇州，北京大學中文系畢業，任教於蘇州大學中文系，教授，後任中文系主任。一九八九年移民美國，居紐約。曾任美國《彼岸》雜誌總編輯，現為美國北京大學筆會會長。紐約美國《僑報週末》「紐約客閒話」專欄作家。

言猶在耳，哲人其萎

趙俊邁

臺灣時間二〇一三年十二月三十一日清晨，淑俠大姊自紐約傳來夏先生逝世噩耗，令人震驚，痛心！巨星殞落，莫不為之悲痛！

夏先生是北美華文作家協會原始會員，也是鎮會瑰寶，一向支持、愛護會裏的活動，先生對朋友晚輩，向來給予莫大的鼓勵和教導，相信有很多學界、文化界的先生女士都曾受惠於他，此刻必對他致以最高的敬意，永遠懷念他！

在獲知不幸消息的第一時間，立即撥打電話到紐約夏公館，那頭傳來夏太太的聲音，還是那麼堅強的語調：「夏先生走了，好難過啊！他走的很平靜，沒有痛苦，是在睡夢中走的，只可惜沒等到過新年！」

「醫生說他心臟已衰竭到末期，告訴我他還有六週的生命，顧念他的病痛，擔心在家裏急救困難，我們就住到安寧病房，沒想到才十天，他就走了，太快了。」夏太太原本平靜的語調，說到這兒，還是掩不住對老伴的思念，透出深痛的哀傷。

她說：「夏先生生命力很強的，原以為可以熬過新年，知道嗎，再過兩個月就是他的生日，是陰曆一月十一日，陽曆二月十八日。這就要過新年了，我沒有主動通知任何人，怕沖了人家新年喜氣！」

夏太太在等王德威教授一月十五日返美，以及哥大東語系系主任十七日回紐約；「還有兒子、女兒都出去度假了，他身邊就我一個人，現在等他們回來，才能確定喪禮的事！」夏太太當時心情是很孤單的，期盼著親友的支持和幫助，「夏先生的好朋友，也是你相熟的叢甦、汪班都來過電話了，給我很多安慰。」不只如此，因為籌備追思會的事，來自學界、文壇的故舊也紛紛給她建議和協助，「夏先生人緣好，以前的同事、學生、朋友都很熱心給我很多幫助，真感謝大家！」

夏先生在中國文學上的地位和引領的評論作用是不朽的，先生在中英文寫作上的卓越成就也是永恆不滅的！夏先生夫人王洞女士，對他體貼照顧，無微不至，可以說是先生此生極大的幸福。大家都誠摯地希望夏太太節哀保重！

●

猶記夏先生於二〇〇九年初曾因肺炎引起心臟病，剛從虎口繞了一圈，幸運的回到我們身邊。俗話嘗以「虎口」比喻驚險程度危及性命，而夏先生此次走過的，是讓許多人有「羊入虎口」恐懼感的「醫院」，尤其海外華人在醫院急診室更能體會「我為魚肉」的苦惱和不安全感。夏太太回憶當時情況，驚魂未定的說：「我們夏先生差點回不來了！」

二〇〇九年二月上旬，剛過完元宵節，撥電話向夏先生拜晚年，孰料，電話裏卻傳來夏先生住院觀察的驚人消息。

「夏先生在醫院呢，剛巧我回來拿些用品，馬上還要趕去，這次夏先生情況很嚴重！」夏太太的聲音顯得很緊張很無助，幾乎有些哽咽，「正好你打電話來，我真不知該怎麼辦好。」

「慢慢說，有困難，大家一起想辦法！」筆者一時之間也矇了，不知該怎辦，只有先安慰她。

夏太太在電話裏將情況做了簡要的敘述。

夏先生農曆年前就有些不適，一月二十九，年初四，覺得發燒，吞嚥困難，二月二日，去看家庭醫師，照X光，得知是肺炎，希望安排住院醫療，對方答覆醫院病房客滿。

二月五日，家庭醫師度假去了，他們只得自行到附近的 St. Luke 醫院掛急診，抵達後，夏先生和醫師護士還有說有笑，不料，值班醫師餵他吃了優酪乳後，夏先生忽然不能呼吸，而進行搶救，推入加護病房。當天是夏先生的農曆生日。

二月七日，院方認為夏先生體力衰弱，隨即在夏先生鼻子裏插入管子，以助飲食，並以氧氣罩幫他呼吸。

第二天，來了一位年輕醫師，看了X光片，認為鼻管插得太低，怕傷及聲帶，於是將管子拔出重新調整，誰知，居然接連插了幾次，都無法順利完成；夏太太心疼的抱怨：「夏先生被折騰好一陣子，受罪哪！嚇死我了！」

夏先生無法自己飲食，靠吊點滴補充養分。「夏先生年紀大了，這裏又沒人主治，如果再這樣拖下去，真怕他出不了醫院！」

如此的描述，眼前的畫面十分具象，醫院急診室或加護病房，生命與死亡僅一線之隔的陰森恐懼，不免令人倒抽口冷氣，為夏先生感到難過、焦急。當夏太太問到有什麼辦法「救救」夏先生？實在無言以對，只能乾著急。

夏先生交給《文薈》發表的〈先談我自己〉（〈談文藝　憶師友〉《夏志清自選集》）一文中，這樣寫著：「除了專治中西文學之外，我讀書興趣很廣，包括繪畫、電影、建築在內。住在紐約真是福氣，每去大都會博物館一次，也就多給我機會去重賞那些名畫。重映舊片的小戲院這樣多，二、三、四〇年代的歐美名片實在是看不完的。」

躺在加護病床上的教授啊，可曾體悟這也是紐約的另一面，是你一直深愛的紐約呀！

八十八高齡的老先生，雖客居異鄉已數十載，雖是主流著名大學教授、縱然是馳譽歐美的漢學界領軍學者，縱然為自己同胞視為國寶級文壇重鎮，彼時彼刻，昏睡加護病房中，命懸如絲，不由讓人興起「斯人獨憔悴」的感嘆！

美國醫療體系，本就令人高深莫測，外界根本難窺其堂奧；若想透過醫療內體系，形成影響，幫助夏先生獲得更得當的治療，不啻天方夜譚，但若尋找「醫學界華人」，或許還多些機會。

在醫學界具有影響力又具有知名度的華裔，眼前只有一人，何大一；他是世界聞名的醫學科學家，於一九九六年研發出「雞尾酒式處方」，獲選為《時代》風雲人物，被推崇為創造歷史的人物。

何大一和夏志清是在二〇〇七年秋天，歡迎白先勇訪紐約的一場宴會中結識，當天兩人同是貴賓與主客白先生比鄰而坐；雖然兩人治學領域不同，但彼此仰慕與敬重，大有惺惺相惜之感，席間互相敬酒，笑語歡談。筆者當天有幸也在場，此一因緣，促成靈光乍現：找何大一幫忙！

無疑的，何大一是夏太太所謂「救救」夏先生的最佳人選。

立刻回撥電話，夏太太還未出門，趕緊把此一想法說了，她也認為是唯一的好途徑，「怎麼找何大一呢？」她反問。

「請 Ben 去找！」毫不遲疑的給她答案。

Ben 是夏志清好友汪班先生，他尊夏先生為老師，是故舊老交情了，曾在哥倫比亞大學、聯合國、紐約大學和華美協進社執教數十年，對中國文學、語言、戲劇都有淵博的造詣，他用英語教授《詩經》、《楚辭》、《紅樓夢》、唐宋詩詞等課程，很受美國學生喜愛。而何大一正是他的學生之一，彼此尊重十分投契，建立了深厚的友誼。

汪班得知夏先生的境況，非常焦急，也認為透過何大一應可幫助解決夏先生的住院問題及改善醫療方式。

待汪班傳回消息，知道何大一正在倫敦開會，據何太太說，他隨後要轉往香港參加另一醫學會議，短時間內不會回紐約。

不論香港還是倫敦，距離哥大附近的這家醫院，此時倍感遙遠！

正發愁，汪班電話中傳來希望之音：「我已請大一太太在他 cell phone 裏留言，請他一得空就給我回話，相信大一會幫這忙的，我會告訴他：夏志清是咱們的傳奇，是國寶！」

第二天，得到汪班的好消息，跟何大一說上話了，他答應會盡快了解情況，做最大的努力。

夏太太也接到汪班的電話，心中寬慰許多！

過了兩天，夏太太百忙之中打來報平安電話，告知，醫院接獲 Dr. 何的電話，他向院方醫師瞭解了病人 C. T. 夏的病情及醫療方案，「情況」有了改善，接著，家庭醫師度假歸營，夏太太總算安了心，她不停的感謝 Ben 和大一。

可是，二月十八日，病情又轉壞，無法正常呼吸，醫師建議在他喉管及胃部各開小洞以助灌食，夏太太一時難做決定，她要等何大一，徵詢他的意見。

二月二十五日，何大一返回紐約第二天，旋即到醫院探望夏先生；昏沉中的夏先生還在紙上寫：「Ask him to help me!」「I am younger than Hu Shih，I should not die!」（指胡適先生）。

二十六日，做了手術，完全靠機器和管道呼吸和飲食。

三月三十日，以肌肉萎縮無法恢復原因，夏先生被送進新布朗士區的療養院，期間發生嚴重感染，經細心醫療、照顧，五星期後恢復正常。

六月一日，不需輔助器可以自己呼吸了，因而拔去插管，被轉送紐約療養院，開始進行復健。

八月五日，夏先生終於出院回到家了，不過仍需接受家庭護理的復健治療。

夏太太總算鬆了口氣，半年來，她奔走於家裏、醫院，忙進忙出，顧前顧後，連頓正經飯都沒好好吃過，以往喜歡散散步、下個小館、喝杯咖啡，還有看場電影的逍遙樂趣，已然成了遙不可及的奢求！

六個月的辛勞，她人清瘦了些。

打趣的問：「您這不是『衣帶漸寬終不悔』嗎？」

「他才瘦得更多呢！」夏太太回答的輕描淡寫，簡單話語中沒有激情也沒有矯情，有的只是真情，那是他倆相濡以沫數十年積澱下的關愛和恩義。

夏先生以超人的意志克服病痛帶來的困苦與阻撓，勇敢且堅強的從虎口裏走了回來，或許這就是「智者無憂」、「勇者無懼」吧！

不過，這位智者還是有脆弱的一面，據太太爆料，夏先生在病床上曾一度感到很沒尊嚴、了無生趣，吵著要「交代後事」，結果所交代的全無關財產之事，而是告訴她：濟安哥哥的信札放在哪，張愛玲給他寫的信藏在哪，喬治高的又是收在哪！

輾轉病榻，他心裏惦記的還是文學，懷念的依然是故人情義啊！

夏太太特別秀出她電腦記事簿裏一段記載，二十四日，當何大一站在病床前，夏先生不能言語，頭腦也並不很清醒，但他在紙上用中文寫了「名人在此，何日再來？」談及此，夏先生樂觀的說：「我真的覺得自己太幽默了！」

儘管鼻子裏、身上插著管子，無法言語，他不失「頑童」本色，用筆談還跟小護士開玩笑，逗得她們笑聲不斷，看來病房裏可是春風鬧人呢！

「我不怕死！因為我開朗、不吊兒郎當，絕不要說年紀老了就無所謂了！凡事還是要認真的。」夏先生自豪的說：「我六個月裏住了三家醫院，現在比以前還健康，照常看書、讀雜誌、講笑話，只是太久沒走動，散步有點困難，但我每天練身體。」

他所謂的練身體，是每隔一天，家庭護理到家中，幫夏先生練習走路、爬樓梯等動作。夏太太很欣慰的說：「夏先生很聽話，恢復的很好，連醫生都誇讚，他的血壓、血糖反而變得很正常！」

他倆又開始下樓散步了，夏先生可以推著助行器走一個 block；鄰居們最近也常在路邊的咖啡座上，見到這對老夫妻的身影，於初秋午後的斜陽裏相依啜品咖啡；是否，他們正回味著一路走來的甘甘苦苦？

●

二〇〇五年，作協特別為他舉辦了一場演講會，這場夏先生自己稱謂的「第一次用中文談『我如何在美國研究中國文學』」的演說，轟動美東地區文藝界。

他還給紐約作協出版的文學刊物《文薈》提供作品，並親自校對自己的稿子，除了中文字的修正、英文拼音字母的校改，即便是標點符號的使用，他都嚴格要求，其慎重、用心為文治學的精神，令人欽敬！

早幾年，先生體力允許的情況下，尚由夫人陪著，遠從曼哈頓上城哥大附近的寓所，相扶相持搭地鐵，轉兩趟車到皇后區法拉盛參加作協的活動，他倆總是以不疾不徐的步伐踏進活動會場，必也總是引起熱烈歡迎掌聲。

在一個沒有安排復健護理的午間，筆者前往探望他，是先生親自應的門，「你看我走的很好，可以給你們開門啦。」他的臉色紅潤，精氣神十足，毫無久病初癒之態。

讓進客廳還沒坐定，夏先生忙不迭開懷又自豪的說了：「我奮鬥了六個月，不改樂觀，就要活下去，I love this life，你看，我是這樣偉大啊！」

多氣魄瀟灑，一開口，仍不失昔日的自信與率真！

夏先生做學問一絲不苟，但做人則灑脫有狂狷氣、言談幽默充滿智慧，致有「老頑童」之稱；就在他從醫院回家不久，筆者馳電問候，電話彼端傳來夏先生中氣十足的聲音：「我還有好多事情要做，怎麼可以隨便倒下！」

先生略帶鄉音、鏗鏘有力的言語，猶在耳畔，哲人遽萎！泰山其頹乎！

嗚呼慟哉！

趙俊邁

北美華文作家協會會長，曾任三屆紐約華文作協會長，舉辦《文薈文學雙周刊》、《文薈教室》。作品以紀實文學為主，曾訪談夏志清、白先勇、余光中、司馬中原、張充和、余秋雨、米米蓋茲（微軟比爾蓋茲繼母）、何大一、施叔青、趙淑俠、鐵凝、萬方（曹禺之女）等。小說創作常見海內外主要華文媒體，〈曼哈頓祥子〉獲《中國作家》百年辛亥「中山杯」華人華僑文學獎。著有《典瑞流芳》、《遠颺的風華》、《媒介實務》、《被剝了麟的蒼龍》、《天涯心思》等書。

縱論文學的史筆
夏志清的快意人生

姚嘉為

「我寫評論，壞的要罵一罵，好的要捧一捧，這樣做人才舒服嘛！」在紐約曼哈頓的夏府客廳裏，夏志清說著，自己先嘩然而笑，一語道出了快人快語的性格。

二○○八年春天我去紐約拜訪夏志清，八十八歲的他皮膚白淨光滑，神采奕奕，談笑風生，十分可親。一口濃重的江南口音，國字臉型和所屬的時代，讓我忽然想起胡適。談話一開始，久聞的夏式談話風格便在眼前跳動起來，迅如機關槍的說話速度，跳躍的思維，飛揚的神采，我專注傾聽，有時追趕不及，夏師母王洞便從旁解釋補充。

直率不鄉愿，敢言人之不敢言，是夏志清為人治學最特出之處。在小說史中替中國作家重排次序，拔擢張愛玲、錢鍾書，貶抑魯迅，引來了與捷克漢學家普斯克（Jaroslav Prusek）的筆戰；其後與唐德剛、顏元叔的筆戰在報章上喧騰一時，都是此一性格的流露。

夏志清一生酷愛讀書，主要是閱讀經典，很少看閒書。他深信「筆下的力量，來自豐富的知識」。身為評論家，他不但詳讀其人作品，也閱讀同時期其他作家的作品，以便參照比較。

下筆時，不斷地推敲潤飾，務求精確完美。

曼哈頓哥倫比亞大學教員宿舍的夏府裏，書海氾濫，三面書牆放不下，書桌四周堆滿了書，夏公猶如置身書海，怡然自得，樂在其中。他喜歡夜讀到天明，有本散文集即以《雞窗集》名之。他很注意光線的明亮，讀書時總是將書攤開在桌上，正襟危坐地閱讀。

夏公退休後，因心臟不好，讀書寫作放慢了腳步。後來在王德威及劉紹銘的敦促下，編校十六篇發表的英文學術論文，由哥倫比亞大學出版《夏志清論評中國文學》（*C. T. Hsia on Chinese Literature*，2004）。

二〇〇六年夏志清當選中研院院士，提名他的王德威教授在越洋電話中告訴他這個好消息時，他高興得說不出話來。後來接受記者訪問，他口出妙語，說自己：「好像在作新娘子。」

夏師母說：「夏先生看到朋友總是很高興，他為人熱情，對事對物都充滿了好奇心。」王德威說，夏志清是一個天真、坦白的人，像個「老頑童」，正如劉紹銘說的，「夏公總也不老！」

離鄉一甲子

夏志清出國留學，留在美國發展，可說是二十世紀中葉，無數中國知識份子面臨家國之變，個人命運隨之不變的縮影。

夏志清是江蘇吳縣人，一九二一年生於浦東，父親任職銀行界，家中兄妹三人。從上海滬江大學英文系畢業後，於一九四六年秋天，隨兄夏濟安前往北京大學擔任英文助教。當時胡適剛回國擔任北大校長，紐約華僑李國欽捐贈三份留美獎學金給北大年輕教員。夏志清以一篇論英國詩人布雷克的文章脫穎而出，獲文科獎學金，一九四七年到美國深造，以三年半的時間獲得耶魯大學英國文學博士學位。

畢業後他留在耶魯大學擔任研究員，其後到密西根大學和匹茲堡大學等校執教。一九六二年由於哥倫比亞大學東亞系王際真教授的賞識，舉薦他為接班人，轉到哥大東亞系任教，直到一九九一年退休。

七〇年代末期，夏志清開始應臺灣報章雜誌之邀，發表中文文章，除了文學評論和介紹英美文學外，最見真性情的是憶舊與交遊的文字。

《中國現代小說史》影響深遠

夏志清中英著作等身，其中以《中國現代小說史》的影響最為深遠，是西方漢學界研究現代中國文學必讀的經典之作。

一九五一年替耶魯大學政治系饒大衛教授編寫《中國手冊》時，他很訝異地發現，沒有一部夠水準的中國現代文學史，於是提出一個撰寫中國現代文學史的計畫，獲得洛克斐勒基金會的研究補助，專心研究撰寫三年。該書於一九六一年由耶魯大學出版，中譯繁體字兩種版本分別於一九七九年和一九九一年在香港與臺灣出版，二〇〇一年香港出版繁體字增訂本，二〇〇五年在大陸出版簡體字增刪本。

《中國現代小說史》最石破天驚之處在於替一九一七年至一九五七年的中國作家重新定位，抬高錢鍾書、張愛玲、沈從文、張天翼，貶低魯迅一代宗師的地位。他認為：「批評家的工作是發掘與眾不同，能結合藝術與生命的作家。」他的另一獨到見解是，中國小說強烈的感時憂國特性，很容易流於狹隘的愛國主義，局限了對藝術性的追求，因而整體上不如西方小說，此一論點引起了不少爭議。

影響最大的人

影響夏志清一生最大的人是哥哥夏濟安，因為隨他去北大當助教，才有機會考取獎學金到美國留學。小說史中評論張愛玲的專章，也因為夏濟安在《文學雜誌》上的譯介，造成其後深遠的影響。臺港文壇的張愛玲風潮，數十年不衰，新生代作家爭相模仿，形成了王德威所稱的「張派作家」廣大譜系。張愛玲作品後來更延燒大陸，成為兩岸共同的「張派祖師奶奶」。

一九六五年夏濟安在美國驟逝，夏志清出版《夏濟安日記》一書，一時洛陽紙貴。後來他寫〈亡兄濟安雜憶〉一文，細細道來童年生活和求學過程，兄弟情深，躍然紙上。夏氏兄弟都勤於寫信，談生活、學問、交遊、感情，順手寫來，洋洋灑灑，饒富趣味，最見文人真性情。夏志清保存了張愛玲寫給夏濟安的信，白先勇、陳若曦、王文興創辦《現代文學》時，寫給老師夏濟安的信，都是珍貴的文學史料。

平生三大得意事

談起平生三大得意事，夏志清脫口而出：「發掘張愛玲和錢鍾書，找到王德威為接班人，還有我自己的成功。」說罷，拊掌大笑。他是張、錢、王三人的伯樂，他們對夏的感戴敬重，也傳為當代文人相重的佳話。

錢鍾書與夏志清

一九四三年秋，二十二歲的夏志清在上海宋淇家中初見錢鍾書夫婦，他眼中的錢鍾書「風流倜儻，雄姿英發，好似周公瑾」，他早已聽到宋淇盛讚錢鍾書驚人的學問，當下趨前請益，充滿孺慕之情。錢鍾書在一九七八年才知道夏志清在小說史中推介他，在北大圖書館找到此書，閱讀後讚美道：「文筆之雅，識力之定，迥異點鬼簿，戶口冊之倫，足以開拓心胸，澡雪精神，不特名世，亦必傳世。」

兩人第二次見面是一九七九年，錢鍾書到哥大訪問，夏志清記下全部過程——包括正式演講的內容，專題討論，錢夏二人的談話。他對錢氏的英語造詣，中西學問的淵博，記憶力的驚人，推崇備至，讚揚《談藝錄》為其最重要的學術著作，肯定《管錐篇》的價值，對錢鍾書三十年不能從事小說創作，未完成的《百合心》小說稿的遺失，深感遺憾。

對於夏志清的知遇之恩，錢鍾書也湧泉以報。一九八三年夏志清回大陸訪問即由錢鍾書出面安排，一九七九年錢鍾書訪哥大，在繁忙行程中，特別宴請夏志清晚餐，並專程至夏府拜訪。

張愛玲與夏志清

一九四四年張愛玲應上海滬江大學同學會邀請演講。當時二十三歲的夏志清初次見到張愛玲，印象是「臉色紅潤，戴了副厚玻璃的眼鏡」，和照片上看到的不同。當時他只看過張的《天才夢》，真正有系統地研讀張愛玲作品是五〇年代，始於宋淇寄來香港盜印的《傳奇》和《流言》。一讀之下，驚為天人，在小說史中闢專章，以四十二頁的篇幅，推崇張愛玲是「今日中國最優秀最重要的作家」，《秧歌》是不朽之作，《金鎖記》是「中國從古以來最傑出的中篇小說」。

夏張第二次見面是一九六四年亞洲學會在華府開會，由高克毅作東，請夏氏兄弟，吳魯芹與張愛玲餐敘，夏志清對她的印象是很害羞。後來他介紹張愛玲到波士頓 Radcliffe 女子學院翻譯《海上花列傳》，她曾到紐約短期居住，夏志清去看過她。最後一次見面是在波士頓亞洲學會年會，後來張愛玲轉到加大柏克萊中國研究中心工作，兩人沒再見過面。

張愛玲性情內向，深居簡出，鮮少與人來往，但她對夏志清十分敬重，每年寫兩三封信問候。一九九五年張愛玲在洛杉磯去世，夏志清不勝哀慟，發表〈超人才華，絕世淒涼〉一文悼念。他們之間的一百多封來往書信，於二〇一三年三月由臺北聯合文學出版，書名《張愛玲寫給我的信件》。

王德威與夏志清

一九八六年在德國的一項學術會議中，夏志清初次讀到王德威的論文。王德威是威斯康辛大學東亞系劉紹銘教授的弟子，這篇論文討論現代小說的諷刺喜劇傳統，夏志清覺得非常精彩。後來又看了幾篇王德威的論文，欣賞之餘，數次向哥大系主任安德勒力薦王德威為他的接班人，預言數年後，王會被各校爭聘，哈佛會給他終身職，哥大屆時悔之晚矣。安德勒細讀王德威的書稿後，聘請王德威到哥大任教。

夏志清盛讚王德威中英文俱佳，不但文章寫得好，看小說有與眾不同的見解，把大陸、臺灣、香港的主要作家作品都仔細讀過，因此評論有力量有見地，是傑出的文學評論家。

一九九一年，夏志清自哥倫比亞大學退休，王德威與夏門弟子狄華思根籌備了一場榮退慶祝會，邀請學術界人士和夏志清弟子們參加。二〇〇五年十月王德威在哥大主辦「夏氏兄弟與中國文學」研討會，七十多位學者與會，發表論文，舉行座談，肯定夏氏兄弟對中國現代文學的貢獻。

在〈重讀夏志清教授中國現代小說史〉論文中，王德威詳析此書的內容、結構、影響、方法學，與當今文學批評理論參照比較，推崇此書「體制恢宏，見解獨到」，在出版四十年後，學者治現代中國文學時，「很少人能另起爐灶，不參照，辯難和反思夏著的觀點。」

二〇〇六年由王德威提名，夏志清以八十五歲高齡當選中研院院士，傳為當代文人相重的佳話。

大筆如椽，黑白分明

夏公平生三大得意事的另一樁——他自己的成功，早為世人熟知。

學術論著方面，他最大的貢獻在於從西方文學的尺度，審視中國現代文學與古代四大經典，強調普世性與人文主義情懷，奠立了中國現代文學評論的文學性傳統。

他的第一部英文學術論著《中國現代小說史》即為扛鼎之作，成為西方漢學界研究現代中國文學必讀的經典。他把錢鍾書、張愛玲、沈從文抬高到文學大家的地位。張愛玲研究成為顯學，皆因夏志清獨具的慧眼和膽識。已退休的哈佛大學知名漢學教授韓南（Patrick Hanan）說夏志清是「上世紀六〇年代以來最有影響力的中國小說評論家。」

劉紹銘說，夏志清最難得的是「為了堅持己見而甘冒不韙的勇氣。他的英文著作，大筆如椽，黑白分明，少見『無不是之處』這類含混過關的滑頭語。他拒絕見風轉舵，曲學阿世」，這是為什麼他兩本論中國新舊小說的著作成為經典的原因。

在美國一流學府執教數十年，作育英才無數，是他引以為傲的成就之一。他熱心提拔後進，為學生，同事，朋友寫推薦信，幫忙他們得到獎學金，研究費，換到更理想的教職。

一九九一年五月四日在哥大舉辦的榮退慶祝會中，三類夏門桃李齊聚一堂，向夏志清致敬，包括夏濟安的學生白先勇、李歐梵、劉紹銘，他自己指導過的許多學生，和以師禮相待的私淑弟子們，大多數是自費遠道而來，帶給他「做人一世最大的快樂」。

以下摘錄夏教授談論文學的片段，與讀者分享：

好小說的質素

好小說要真，不在技巧，要能讓讀者感受。作品須與眾不同，像馬克吐溫、王文興和白先勇，王文興的《家變》是可以傳世的。好作家記性要好，如狄更斯和喬埃斯記得童年的事，拿來再創造。創意要根據本身的經驗，純虛構是不夠的。象徵也是寫實，使文章有意義，像詩人一樣，Symbol is what you make it。狄更斯和斯湯達爾把他們那個時代和人物寫活了，能開創一個潮流的作家是最好的，最不好的是模仿別人。

文學批評

我只看文章好不好，偉不偉大，能不能感動人，從中間有沒有學到東西。我看的是作家夠不夠聰明，是不是敏感，寫小說要 ruthless，不要怕難為情，重要的是講真話。情境要真，寫出真正想的是甚麼，更多地認識人性，從好作品中學習。現在的許多評論，學問不夠，都在套用理論。我寫評論，壞的要罵一罵，好的要捧一捧，這樣做人才舒服嘛！寫文學史，同時代人的作品都要看過，王德威的地位就因為這樣。所以普通人講話沒力量，我有力量，從頭到尾都要看過，沒看過，就不講話，文章的力量來自於 what you know。

讀書方法

我寫筆記，早年沒有書，都用抄的，讀書要趁年輕，但是讀書太多，會變成書呆子，要盡量保持活力和幽默。書是看不完的，英文詩也看，本想寫中國文學史，從前不看小說，後來發現沒有中國小說史，只好改行，看小說寫小說史，是逼出來的。

張愛玲

我開始就相信她會紅，我看過很多女作家的小說，她的比任何人都好。她的 metaphor（隱喻）太好了，像莎士比亞那樣俏皮。《秧歌》文字乾淨，內容感人，《紐約時報》有書評，可是賣得不好。《赤地之戀》美國不讓它出版，後來在香港出版。《金鎖記》最好，作品和她的家族有關，基本上是寫她所知道的中國。她和賴雅結婚，彼此依靠，但賴雅沒告訴她，他中過風。張愛玲很可憐，婚後為了養家，還去寫劇本。

（摘自《在寫作中還鄉》）

後記

驚聞夏志清教授於二〇一三年十二月二十九日辭世，腦海中立刻浮現他滿面春風，笑嘻嘻的身影。二〇〇八年春天初訪夏府，夏教授夫婦親切接待，令我如沐春風。夏教授容光煥發，活潑開朗，望之如七十開外。二〇一一年再赴夏府探望，他的身體已不如以前健朗，但滿面笑容仍一如往昔。當晚蒙夏教授夫婦招待，在附近的中國餐館共進晚餐，席間談到許多文壇舊事，受益良多。最難忘的一幕是，餐後，夏夫人婉拒幫忙，堅定地推著輪椅帶夏教授回家。暮色中遙望他們老來相依的背影，不禁泫然，但更多的是敬意，他們活得如此堅強有尊嚴！

姚嘉為

臺灣大學外文系畢業，明尼蘇達大學大眾傳播碩士，休士頓大學電腦碩士。北美華文作家協會副會長暨網站主編，海外華文女作家協會會員。曾獲梁實秋文學獎散文、譯文與譯詩獎，北美作協徵文散文首獎，中央日報海外散文獎。著有《越界後，眾聲喧嘩》、《在寫作中還鄉》、《湖畔秋深了》、《深情不留白》、《放風箏的手》、《教養兒女的藝術》、《愛冒險的酷文豪》、《震撼舞台的人》、《會走動的百科全書》等書。

夏志清教授的悲憫情結

改變現代文學史生態譜系

張鳳

能常親炙夏志清先生，還因一九八六年起在哈佛任教的王德威教授中介。一九九〇年，夏老終於把王德威請去哥大做他的接班人，說是維繫了三十年前王際真識拔他的優良傳統。

讀其書深得我心，而景仰的夏老，結識後，榮幸地蒙其知遇不棄，魚雁過從，常得他口述或書信指點許多不傳之秘。他待晚輩如知友。捧讀筆跡纖秀，細緻的來信，字字珠璣，知無不言，更溢美鼓勵，驚喜還主動要為我作序，知性和感性並茂，多采動人，常成我晦暗生命中的一線天光。在電話中，會更款切：妳等一等……想像他老人家，在我和兒女無數次登堂入室，雅致舒適的客廳，高書架上，或是檔案櫃中，有條不紊翻出資料，再來指點江山。一九九五年秋，在哈佛尋覓張愛玲，就得其心傳，聽他說得熱熱鬧鬧，滿腹經綸，真教人心服口服。

我寫成巨擘篇章的夏老，收在《哈佛問學錄》中。一九九五年後，他主動寄來珍貴的〈張愛玲履歷表〉，又允許用他全部資料。點撥寫成〈張愛玲在哈佛〉等，一九九六年四月十五日後分刊於聯合與中央兩報，在中文世界是很早詮釋張愛玲在哈佛的，據評論是能補白張愛玲在哈佛女校瑞克利夫學院翻譯《海上花列傳》議題，兼及在美後半生。諸篇已為哈佛圖書館邀去歸檔。

他詼諧成性，承認在社交場合愛說笑話，和他寫文章的嚴肅態度大不相同。聚首，先來個洋式相擁，再酣暢地茶酒談讌，老聽他機巧敏捷、近乎玩世的中外幽默，隨他腦筋速轉拈來，像連珠炮蹦出。

聲調或高或低、抑揚頓挫，講得急了會複述四遍，有幾許忐忑不安，開懷暢言，外加手拍指描，真叫人敬畏有加。相熟，自會把他不加遮攔的笑話，當作百無禁忌的戲謔，他毫不矯柔做作，躍動的童趣妙招，和嘻笑怒罵總也引得滿座欣悅，融融樂樂。怎麼會變為今日性情？答：一向在朋友間就是會瘋的啦！同學都知道。

不說起文學的正經話題，總率意漫談，研討文學則另有風貌。海外中國近代文學首度成為獨立研究的個體，要從一九六一年三月耶魯大學出版他的《中國現代小說史》說起，書一出，就在漢學界，拓出一片天地，光耀異域，有根深蒂固的影響，與精心傑作《中國古典小說》等，無不奉為圭臬。

祖籍蘇州，江蘇吳縣人，祖父和大伯早逝，祖母孫氏守寡撫養三子女，二伯在上海開當舖，姑母嫁尤姓，父親夏大棟（柱庭）先生排行三，曾入薩鎮冰辦的商船學堂三年，進銀行，在浦東做事，所以他生在黃浦江對岸的浦東，江對岸就是十里洋場上海，一九二一年農曆正月十一日生，四歲與母兄返蘇州。對這從三國以降就英彥如林的蘇州，並無好感。

母子三人，先住桃花塢母親何韻芝女士娘家老宅，父親在滬交通銀行工作，週末返家。他讀桃塢中學附小，只收男孩，六年級下學期遷廟堂巷夏家，轉學到蘇州中學附小，兼收少數女孩，他見壞男孩欺侮女孩，就開始俠骨柔腸起來。上課兩週，一二八戰事發生，父親接他母子住銀行宿舍，停學半年，在上海看戲看電影，當然也看些書報，後與母親回蘇州上純一初中。

高一讀滬江大學附中一學期。因父親已去南京任職保險業，又做中央飯店經理，他也轉學至南京青年會中學，念了一年半。對剛建都的京城感覺舒服寬大，一派新氣象。一九三七年七七事變時，父親將全家送回上海法租界，自己到大後方。回憶父親老實而從商，被派到貴州，仰光等地，也不會走單幫的門道，始終很窮，開車子的人都發財。銀行經理並非小職員，生活拮据，倒是令人意外。夏老說：小經理是幫人做事，又不是董事長。

哥哥夏濟安是長子，同父親衝突多些。夏濟安日記提及父親吃喝嫖賭，使母親不快，所以他在出版序言裏，非作辯不可。他認為哥哥不免苛評了。父親吃飯穿著並不講究，商界陪人到堂子吃花酒是正常，麻將常打亦是社交，不能怪他。母親守在上海、蘇州，培育兒女，實在艱苦。但接近勝利父親返鄉，除一九四六年到臺灣一陣，未再離開，父母感情在晚年，確很深厚。

一九四二年他由滬江英文系畢業，在保險公司做英文秘書。同學邀他到光耀中學代課英文，勝利前曾在外灘江海關工作，哥哥一九四三年離滬，一九四五年任教西南聯大，他在上海。濟安先生交游廣，莫逆宋淇等，「我比較乖！一向不愛動，正好多了時間讀書」。

一九四五年戰後，姻親把賦閑在家的夏先生帶到臺北做專員。一九四六年隨夏濟安乘船至北大任教，住教師紅樓宿舍，致力於當代英美批評，寫布雷克論文。

因紐約鉅子李國欽給文理法三留美獎學金，講師均可參選。哥哥非聯大嫡裔，他靠其兄進北大，人事上一無關係。有此機會，自不肯放棄，各交英文論文和當場考英文作文「出國留洋兩回事」一篇。他因布雷克論文脫穎而出。大批評家燕卜孫正重返北大，會同審閱，大為賞識。決選出沒有炫赫的人事以八十八高分問鼎的他，全憑真才實學，榮獲獎學金。

「胡校長雖也討厭我是教會學校出身，做事倒很公平，沒有否決評選委員會的決定……胡校長不贊成我去耶魯哈佛攻讀博士學位，不熱心給我寫推薦信。」他說：「胡適不大喜歡我，不大親，他對教會學校有極大偏見，耶魯英文系很難讀畢業，因而不推薦吧！」一九四七年末他終抵歐伯林學院，聽詩人新批評派鼻祖藍森兩週的課，藍森看了他寫的布雷克和多恩論文，推薦給他門生，剛任教耶魯的布魯克斯，經名詩評家力薦，藍森駕車送他到火車站，春天就到耶魯讀英文碩博士。

一九五一年十二月獲耶魯英文系博士，見中國現代文學史竟無像樣的書，即向洛克斐勒基金會申請，得到三年獎助金，在耶魯以研究員名義撰寫《中國現代小說史》。在冷戰年代，資料侷限，一九五五年去密西根任客座教授前完成鉅作，一九五六年到德州奧斯丁 Tillotson 大學擔任英文文學教授；一九五七年教波茨坦紐約州大，擔任英國文學教授；一九五八年後，《中國現代小說史》有所補充，一九六一年由耶魯出版，奠定漢學界聲望，同年任教匹茨堡大學。因王際真教授賞識，一九六二年被聘為哥倫比亞大學長俸教授，直到一九九一年榮退。

《小說史》出書後，怎不逕去哥倫比亞大學？他說：「遲去一年，以拿終身職，否則我去哥大，系裏沒真朋友，年紀大了，會吃虧。」其實那時候他才四十出頭，春秋正盛。不過澹泊愛書，雖長俸之後，讀書仍每至清晨，發表著作《中國現代小說史》、英文專書《中國古典小說》、《夏志清論評中國文學》蜚聲中外。《愛情、社會、小說》、《文學的前途》、《人的文學》、《新文學的傳統》、《夏志清文學論評集》、《雞窗集》、《歲除的哀傷》、《夏濟安日記》、《談文藝憶師友：自選集》、《張愛玲給我的信件》等書。極具洞察膽識的夏老自省，在點評中忽視了蕭紅、路翎與端木蕻良……把古今作品亂批一通，筆尖上不帶一點感情。晚年他平易隨和，重讀嚴肅的評論，「真不像我寫的。」他的著作出色，散文更是理性抒情散文典範，深刻動人。他精選早歲自述：憶童年往事，青春夢戀，手足情深，讀來耐人尋味，曾入選《世界（紀）華人學者散文大系》。

近三十年前請他、於梨華、鄭洪伉儷等歡敘開會，演講主題為「文學史的悲憫情結」。談后妃正史殘酷，三千寵愛在一身，也就把六宮粉黛無顏色的慘劇一筆帶過。

夏先生宅心仁厚，常為人不平，論除少數女性在文藝留名青史，否則只能對夫忠父孝方可博得讚嘆。纏足對女性是又一損傷。吃人社會烈婦事跡多慘無人道。

從讀《三國演義》中劉安殺妻，《金瓶梅》描寫非人家庭生活，《鏡花緣》體察需革而不抗議，該批判。嘆服《紅樓夢》也痛心：大觀園實是多少小姐的集中營

夏先生肯定胡適、魯迅、周作人三位為五四的三巨人，特重周作人提倡的《人的文學》，

認定是新文學的傳統，他的文章〈現代中國文學感時憂國的精神〉，是治現代文學史必讀之作。他說，英文涵義強調作家被種種不平，落後現象佔據心頭，保持魂牽夢縈的關懷，覺得不寫下來，就未盡作家之責，以嚴肅人道主義的寫實，伸向廣大複雜的人性人生，可當動人的生命來看。

他評論作家和作品，著眼的是作品深處的重視文學和人性悲天憫人的人道精神，他解析：「我寫書，不可能每本小說作詳評，主要評斷作品間的高低、治學，加有魄力的判斷。」新批評祖師是他的受業師。

錢鍾書評《中國現代小說史》：「文筆之雅，識力之定，……不特名世，亦必傳世。」推崇其鬼斧神工。錢、夏之交誼，畢生只會面三次，一九八三年夏應邀去北京。

王德威說的好，他在《中國現代小說史》中廣泛揉合了新批評及李維斯強調文學與人生直接關聯的理論，還有比較文學的方法。六〇年代有引進各家，兼容並蓄新貢獻。其方法學促使「重新思考文學跨國語境與個別特色間的張力」。問起他與顏元叔、唐德剛、普實克J的大筆戰，他淡然笑說：「都不是我開頭的，他們要挑釁嘛！」

二〇〇六年經由王德威提名，高齡八十五歲的夏志清教授終以最高得票率當選中研院院士。他說，除了擁有滿天下桃李，「未曾得過兩岸任何好處」。院士會議也因心臟不好，未能成行。

夏志清教授學貫中西，《中國現代小說史》撰述紮實，他說：「中譯本港臺出版很快，簡字節本刪掉，這不好……。」他對大作改掉，仍有切膚之痛。但此書和《張愛玲給我的信件》暢銷，引起空前高潮，他告訴我：「現在到處都在談論我，紅得一場糊塗！」訪談多，說得激動，勞累致病，豪氣干雲，用墨如潑，傲然稱不朽。

李歐梵、王德威教授皆析論《中國現代小說史》體制恢宏，見解獨到，使夏先生躋身歐美著名評家之列，毫不遜色。漢學界歷四十年而長盛不衰，典範性地鎔接匯通中西。

我常思考，要不是最初掌舵的夏先生在書中，毫不媚俗地對張愛玲、沈從文、錢鍾書、張天翼、吳組湘等的嶄新定位，不見得會有後來在創作上和研究上他們的書迷，尤其張愛玲、沈從文、錢鍾書的眾多書迷，更引發數代作者的臨摹創寫，改變了中國現代文學的生態譜系。

「我一生不忮不求，不善周旋，滑稽不喜歡見人。但與小輩往來，我都好開心，最怕有事去求人，覺得不好意思。很吃不開的，太太講我只幫年輕人的忙，人家一上場，都去拍上面……」在美的作家或文學教授，幾乎找不出幾位與夏先生毫無師友關係的。曾聽過名家李歐梵、劉紹銘、白先勇、王德威……津津樂道他的恩澤，超越門派，為他人著想，卻嫉惡如仇，不合者會罵：「某某太壞，罵罵也不要緊，對不？」言語之間性情畢現。

最稀罕夏先生對待尚未功成名就之我輩，早在激流中成浮木，幻化為最有力之援手。幾次盛會致敬，我亦特別前去致敬，深感其人至德。

二〇〇五年十月二十八—二十九兩日王德威到哥大精心策劃「夏濟安、夏志清昆仲與中國文學」學術研討會，包括韓南、孫康宜、耿德華、齊皎瀚、林培瑞、朱家昆、奚密、梅家玲、張鳳、陳平原、李渝、陳國球、徐鋼、王斑、宋明煒、宋偉杰、王曉玨、何素楠、孔海立、陳菱琪、羅鵬、石敬遠等均有論文發表，李歐梵、劉紹銘、柯慶明教授請人代讀論文。在哥大教授會館，他致詞說：德威是因心裏歉疚，他從哥大跳槽哈佛，才辦這大會……，舉座捧腹絕倒。

二〇〇九年春，八十八歲高齡的他，意志堅強，大病後康復，但體力漸衰。深秋感恩節我前往探望，敏銳如昔的夏先生跟我訴苦：幾度出入加護病房，插管……機器呼吸……「我還有好多事情要做，怎麼可以隨便倒下！」奇蹟似地回到人間。忙累得馬不停蹄的夏太太王洞，說得輕巧，我極能體會她的辛勞。

二〇一一年夏教授九十歲華誕，年前預先暖壽歡慶。哥大系主任安德若等在曼哈頓希爾頓，同祝一代宗師大壽，馬英九總統頒贈「績學雅範」大紅條幅，文建會以「博學於聞」賀壽；中研院王汎森敬頒院士證章，弟子尤以三位華髮的夏門洋弟子：何谷理、齊皎瀚、康耿德華教授親臨致辭，敬業薪傳意義明顯。王德威費心主籌，編輯出版《中國現代小說的史與學》一書作為獻禮，前後道賀的我們皆得有手澤的珍本和禮品！

一九六九年與夏教授成婚的夏師母王洞女士，殷勤睿智地為他照應內外，和我們小輩皆親。他倆原住西一一五街四一五號五樓，一九九一年遷到寬敞的公寓，與哥大博士班的我兒啟遠居所，僅數步之遙，登堂探望歡洽熟稔。驚人的是一牆牆的書，他倆總是灑脫，飛揚躍蹈，啟動心中連結的生命經驗，一室笑聲反覆迴盪。

難忘他常深露笑窩，象徵老福的戽斗下巴，益顯天真可愛。蘇滬腔調，最後在太太協助下出版《張愛玲給我的信件》，與夏濟安兄弟之間的通信，但未釋校，剛退休時，也得享受人生。他興趣廣，對歐美老電影如數家珍。心臟病後留心散步，健康時興沖沖看卡波拉老片，兩部連場好戲，有時看得熱淚盈眶。

他說平生失意處在兒女，兒子夭折，小女兒不健全，太太辛苦，愴然不堪述。力祛悽然之色道：「總比哥哥好，他五十不到就過世，活著總是好！」

錢穆有句話：「知恥即貴，不憂即富」，夏教授的富貴山高水長，他病後又能以靈動的生命力堅持四年，在二〇一三年十二月二十九日傍晚與世長辭，但智慧無盡長在吾心！

（摘自《哈佛問學錄》）

張鳳

臺灣師範大學學士，密西根州大碩士，著有《哈佛心影錄》（繁簡體字版）、《哈佛緣》、《域外著名華文女作家散文自選集——哈佛采微》、《哈佛哈佛》、《一頭栽進哈佛》等。現任哈佛中國文化工作坊主持人，曾任職哈佛燕京圖書館編目組。北美華文作協秘書長及紐英倫分會會長，海外華文女作家協會審核委員，入選《世界（紀）華人學者散文大系》，於億萬博格獲兩屆文學類部落客百傑獎。

夏教授的歡顏再也看不到了

周勻之

我生也晚，雖然久聞夏志清教授的大名，但是直到一九九一年十月，趙淑俠姐在紐約發表她的新書《賽金花》時，才有機會親聆他的淵博。

那時我濫竽《世界日報》的《世界週刊》，又因後來參與「北美華文作家協會」的會務而有幸受到許多文壇前輩先進的教導，而且承蒙他們的賜稿，更使我有機會汲取豐富的養分。淑俠姐在歐洲時就大力支持《世界週刊》，她移居紐約後，與夏教授等大師級的文學先進聚會，我也經常奉陪末座，享受既風趣又豐碩的盛宴。

不過我初次看到夏教授的大名，是在臺北出版的《傳記文學》上，看到他紀念他兄長夏濟安教授的文章。

夏教授是一位性情中人，而且不失赤子之心，只要有他在場，絕對是毫無冷場，笑聲不絕，人人如沐春風地在歡愉中享受到難得的新知。

夏濟安教授也是一位不失赤子之心的性情中人，我在《傳記文學》上看到，夏濟安每次都要替他的好朋友吳魯芹教授四年級的女兒寫作文，但每次得到的都是「丙」，他為此深為不服，因此更加要寫下去。有一次居然得了一個「丙上」，評語是「略有進步」，夏濟安教授為此高興不已。

我曾為此請教過一位小學老師，何以致此。小學老師的答覆是，大學教授寫的作文，不是童言童語，教大學生的教授，不一定會教小朋友。

有道理。

說夏志清教授是性情中人，令我想起他和史學巨擘唐德剛教授，在《世界日報》上對《紅樓夢》的一場筆戰。他們兩位其實是多年的老朋友，但是卻因為看法的不同，最後兩人似乎在文字上都動了點肝火。

兩人的文章分別見報後，立刻引起華人社會的極大關注，至於因筆戰而使兩人失和，當然不是雙方的好友所樂見。其實他們兩人不但毫無私人過節，而且在早期的紐約文壇上，還曾經合作無間地共同耕耘過。在親朋好友的安排下，最後這兩位性情中人，以互相擁抱結束了這場「爭戰」。

如今唐、夏兩位都已離我們而去，紐約的熱鬧場面今後要減少了許多。

我為之略感惆悵。

周勻之

筆名周友漁，紐約作家協會會長。曾任職台北中央通訊社、紐約世界日報、香港珠海大學。出版著作：《水族館內幕》（譯作）、《美國透視》、《記者生涯雜憶》、《江湖奇人桂鐘徹——韓國人、中國心、美國情》、《劉醇逸邁向紐約市長》。

性情中人——夏志清

王渝

那天宣樹錚打電話來說：「夏志清先生昨天去世了。」那天是二〇一三年十二月三十日。我聽了先是一愣，感到悵然若失，立即想到夏夫人王洞，長期守護病中夏志清的她，此時必然身心交瘁。

第一次見到夏志清先生是在於梨華家的派對上，只見他所到之處都引起陣陣哄笑。於梨華的女兒說，這個叔叔好奇怪。於梨華告訴她：「因為他是作家。」當時我覺得這個大名鼎鼎的文學評論家像個老頑童。

以後的交往，夏志清一直讓我感到充滿活力。這麼一個生命力強烈的人，無法和死亡聯繫在一起。到現在我還不能相信他已經大去了。

可以保持頑童心態的人必然瀟灑。我們文友聚會常有人恭維他，有人當場念詩讚美，甚至有人為他寫書，他總是很從容地翻過這一頁，事後也不再提起。他雖然不太願意寫序、寫評論，有時也有例外。好友于仁秋的小說《請客》，稿成之後他不但先讀，而且寫了長序。他覺得此書有趣，指出是留學生小說中首次寫了華僑優秀的一面。

談到他，我忍不住要提及一件小事，因為這件小事最鮮明凸顯出他的個性。一次聚會，愛說笑的夏志清先生談得興起，忘情地誇口道：「我捧誰，誰就紅。」散文家琦君女士聽了，拉長臉說：「我從沒紅過，也沒黑過，沒人捧我，我也不靠人家捧。」舉座默然。事隔不久，大英百科全書《附冊》臺灣文學部分要挑選一位優秀作家，負責的那位人士向夏志清請教，他毫不遲疑地建議：「你寫潘琦君好了。」

王渝

現居紐約，臺灣中興大學畢業，創辦《兒童月刊》，曾任紐約《美洲華僑日報》副刊主編，《今天》編輯。為香港三聯書店、上海文藝出版社編輯詩選、微型小說以及留學生小說選集。為香港《大公報》撰寫小專欄。譯有《古希臘神話英雄傳》。

清澈的眼光
懷念夏先生
章緣

紐約文界，何人不識夏先生？尤其我曾是《世界週刊》的記者，接觸機會又比別人多一些。結識十八年間，我從美東大紐約地區搬到中國大陸，先北京後上海，一直保持聯繫直到他病重，這緣分始於工作，沒有止於工作，全因為夏先生對我的謬愛。

在一次文藝活動後的聚餐上，我坐在夏先生身旁，話題又是張愛玲。這不稀奇，對美國漢學界，夏先生的成就有目共睹，但對一般讀者，「張愛玲的伯樂」才是夏先生的名片。夏先生在臺灣「聯合文學」出版了《張愛玲給我的信件》，人們見到他，總要請教關於張愛玲，而我也是個張迷。我羨慕夏先生識曉張愛玲，在她身後寫懷念的文字，夏先生便說：「我死後，你也可以寫我啊！」

這就是夏先生，口無遮攔，想說什麼就說什麼。他那異於常人的反應，常讓人錯愕、詫笑，不知如何回應。

夏先生學貫中西，思路機敏，除了學問，有很多對人對事的觀察，真率尖刻，嘲人自嘲皆有，說起話帶著濃濃的滬腔，旁徵博引，喜作詭語，一句句拋出來，就看聽者能不能跟得上。

據說這種跳躍性的邏輯，屬於特別聰明，有創造力的人，而魯鈍如我，只能驚怖於河漢之無極。我喜好文學，但讀書不多，沒有學問，夏先生卻不嫌我腹笥甚窘，反而喜歡跟我聊天，關心我的文學創作，我覺得慚愧，但也一直沒有下功夫。面對天才，有時我們只要注意聆聽，聽得懂的就如獲至寶般收好，聽不懂的，就當它是風過竹林，雨打芭蕉，留下一種嚮往。

一九九六年八月，我任職於《世界週刊》，主任派下任務採訪夏志清教授，請教關於中國文革時期的文學發展，寫了夏先生的地址給我。我一看，夏先生就住在哥倫比亞大學附近一一三街，跟我的舊居只隔一條街。我先生曾在哥大攻讀博士，一九九一到一九九四年住在一一二街的宿舍公寓，聽說赫赫有名的夏志清在哥大教書，曾溜進教室旁聽了一節課，只記得他勸大家不要在身體上刺青，至於文學，好像沒聽到幾句，可能也是那時我新來乍到，聽不懂夏先生的英文。那應該是夏先生在哥大授課的最後一學期了，他一九九一年退休後，作為榮譽教授，一直跟夫人住在該處。

採訪那天，我穿了一身西裝長褲，力圖像個幹練的記者，準備採訪大學者。哪知夏先生一見我，開門見山說他對大陸後來的文學運動不熟悉，遞給我一本簡體書，要我自行研究，這樣我的採訪任務便結束了，接下來就是閒話家常。他十分親切問我知不知道自己英文名字的原由，家庭婚姻愛好等等，話題自然談到小說。之前我剛得到臺灣「聯合文學」小說新人獎，夏先生一聽，很高興地從書房裏找出刊登得獎作品的那期雜誌，要我在上頭簽名。我有點錯愕，怎麼說都應該是我請他簽名才是。他的熱情率性，完全推翻了我對大學者的想像。

這便是我頭一回見到夏先生。之後，在紐約一些重要的文藝活動聚會裏，常會見到夏先生，他每回都親熱地跟我招呼，開心地緊握我的雙手。在這些場合裏，我的身分常是記者，有一次坐在夏先生身旁，夏先生對臺上貴賓的發言，一會兒搖頭不同意，一會兒嗤笑，完全不掩飾他的感受。難怪有人說他是頑童，在人際關係複雜微妙的成人世界裏，要像他那樣忠於自我的感受，永保真性情，實在不容易。也可能是藝高人膽大，誰也不怕，只遵循夏氏真理，在滾滾濁世中，他的處世風格如清風拂面，讓人也放鬆自在起來。他轉頭對低頭認真做筆記的我說：「做記者很可憐啊，要聽這些無聊的東西。」

然而並非所有的藝文活動都是如此。有一場是當時的哥大系主任王德威，請來上海的王安憶和衛慧演講。一個是被王德威譽為有諾貝爾文學獎得主相的王安憶，一位是因大膽書寫都市情慾崛起正在各國打書的衛慧，二者在中國文壇的地位相差很大。文章登出來後，夏先生給我來信，肯定我的報導角度，說我很公平，不偏不倚，還附了一張我的照片，卻是他在演講會上抓拍的，真是童心未泯。

夏先生在他的成名作《中國現代小說史》裏，率先肯定張愛玲的文學成就，說她是中國當代寫得最好的作家，當時張愛玲小說被視為通俗的鴛鴦蝴蝶派，夏先生的眼光和勇氣，令人佩服。這樣一位一錘定音的小說評論家，卻偷偷告訴我，平日他不讀小說，讀小說是工作，不是休閒，退休後，他的視力不好，只讀書評和詩集，反而是夏夫人，睡前都要讀半個小時的小說。夏先生對當代的文學作品是隔閡了，然而文學的鑑賞力依舊敏銳，談話中，常能一針見血，一語中的。

看到當今文壇奇技淫巧，語不驚人死不休，評論家拿各種主義往作品上套，我自覺落在時代之後。夏先生當面告訴我：「只寫你知道的，你若是個方正規矩的人，就不要想寫那些奇怪的東西。」在信裏他又說：「小說不必寫得多，但每篇都要很精彩，自己看後也滿意，就好了。」我請教夏先生，小說什麼最重要？他提出「動人」二字。夏先生的文學審美觀點或許保守傳統，卻深獲我心，我覺得他推崇的是一種真誠的創作態度，把文學藝術和自己的生命相結合，不管別人說什麼。他告訴我：「先有作品，才有評論。」

夏夫人王洞女士曾對我說：「很多當代作家的作品夏先生都不喜歡，但是你的他喜歡。」有一次，中國知名作家李銳偕夫人蔣韻來美，拜訪了夏先生，之後夏先生對我說：「李銳寫的比你好。」我不禁笑了。夏先生實在太抬舉我了。夏先生對我的小說謬賞有加，但我從未想過麻煩他作序寫評。

以夏先生在評論界的聲望，常有作者慕名寄來書稿，懇求作序寫評等，然而夏先生年高體弱，有心臟病、高血壓，視力也不好，往往心有餘而力不足。他有限的精力，要加緊把《張愛玲給我的信件》整理加注，在「聯合文學」發表出版，還要校對《中國古典小說史》的中文版，這本英文著作在美國漢學界的影響甚至高於《中國現代小說史》。他還有自己想寫的文章，一篇〈耶魯三年半〉，治學的聰慧和博聞強記躍然紙上。他自己說三年半拿到博士，快得「一塌糊塗」，這是他的慣用語。

二〇〇〇年六月，我的第二本小說集《大水之夜》出版，在紐約世界書局舉辦新書發表會。

這場發表會，我敬慕的文壇前輩如王鼎鈞、趙淑俠、趙淑敏等，還有文友陳漱意、蘇煒等到場給我批評，其中也有夏先生。他說要為我的作品寫篇文章，趕讀了我的部分作品，寫成《章緣小說評述（上）》，這就是後來刊登在《世界日報》副刊上的〈章緣小說四篇略評〉。據我所知，這應該是夏先生為當代作家寫的最後一篇小說評論了，我極為感謝，也深感榮耀。發表會上他有句話讓我印象深刻，他說初讀我的小說《更衣室的女人》，不能理解女主角的心理，讀了三遍後，才完全站到她那邊去了。這是一位專業讀者的虛心和開放，他高齡七十九，博學並享有盛名，面對一個後生晚輩的作品，卻願意再三琢磨。

新書發表會後一個月，夏先生約我見面，說要採訪我，準備寫一篇真正的評論，他還做足了功課，把我出版的兩本小說集都讀了，並要我把書評和其他未收錄的作品都帶上，還有幾張家庭照片供作參考。這是夏先生的研究方法，作品和作者並觀，從其中找出文本的創作動機和脈絡，跟後來文本獨立的研究方式不同。

七月的一個週日，我依約來到夏府。這回有機會好好參觀了一下。客廳裏整壁的書架，要取書得站到梯子上，書房裏堆滿了書報，幾無立足之地，桌邊地上散放了數杯舊茶，幾雙鞋子，顯示主人的不拘小節。書房裏有數層檔案櫃，拉開來全是分門別類的文件檔案，重要的書信往返。隨意提及什麼，他都能把相關的書和剪報找出來。夏先生送了我一本三版的英文專著《中國古典小說史》。

角色倒過來了，夏先生要採訪我。他早在紙上擬好若干問題，一見我就開始問，從問題裏可以看出他試圖建構我跟我作品的關係，這些問題反映了他讀書之精細。他讀出我作品裏的母親占了很重的分量，說我很愛我的母親，又問我的父親是否拋棄了我的母親。事實上，我的父親的確「拋棄」了我的母親，他在婚後四年就因病去世了。他拋出的第二個問題讓我一驚。他問我阿孫是誰？原來他注意到我的第二本書題獻給阿孫，在「聯合文學」新人獎的得獎感言裏也提到她。這個問題其實問到點上了。阿孫是我的至交好友，早期創作多虧她鼓勵，從她處得到很多創作靈感，故事裏常有她的影子。夏先生這兩個問題，讓我不禁肅然起敬，覺得他火眼金睛太厲害了。

中午，夏夫人返家，夏先生帶著紙筆，把寫了問題的紙頭鄭重塞進胸前口袋，三人一起到附近的中餐館富貴樓用餐，夏先生做東。如今思來，這頓飯怎麼樣也該我請客，當時卻糊裡糊塗依了主人意。我只會寫文章，做人做事都稚嫩。多少年來，我沒有請過夏先生一頓飯，反而讓他請了三次。第二次是王德威教授當選哥大東亞系系主任，夏先生請來一桌王教授的朋友，辦了個驚喜派對為他祝賀，我當陪客，吃過飯回報社去發了篇新聞稿。第三次時，我已經搬到上海了。

這篇「章緣論」最終沒寫出來，夏先生多次在書信裏提及，說他事忙，向我致歉。我很遺憾不能讀到夏先生對我作品更全面深入的評論，但是他所給予我的已遠超過我所應得和我的期待。

雖然寫了很多報導文字，我一直沒有直面寫過夏先生，直到二〇〇一年，受當時世副主編田新彬之邀，寫大紐約地區幾位名家：夏志清、王鼎鈞、琦君和莊信正。這一年，夏先生八十，摘除了白內障，視力改善，心臟病和高血壓也都在控制之中，老先生十分高興，排了很多著書和出版計畫。我寫了篇〈人生八十才開始〉。

二〇〇二年十月，夏先生突然寄來一份禮物，打開一看，竟然是沈從文於一九八二年六月親筆題贈的《沈從文自傳》。夏先生在書扉上寫了鼓勵祝福我寫作的話，並註明將此書送我，「讓它避疫免災，延長它的生命。」這份厚禮卻之不恭，只能忐忑收下。沈從文也是我喜愛的作家，從夏先生那裏拿到此書，更感意義非凡。

二〇〇三年三月，世界書局為我辦了長篇《疫》的新書發表會，夏先生當天因血壓高，不克前來，特別送我一本他的著作《文學的前途》。

二〇〇四年夏天，我們舉家搬往北京。離開前，紐約文友聚會為我餞行，夏先生又因血壓高不克前來，託人送來他的《雞窗集》，期許我到北京後寫出傑作。夏先生生肖屬雞，他常終夜讀書寫作到東方初白，這書名取的是晚唐詩人羅隱詩句「雞窗夜靜開書卷」，以夏先生的聰明，他的用功也令人望塵莫及。

夏先生出生於上海浦東，畢業於滬江大學英文系，後跟哥哥夏濟安一起到北京大學教書，對北方的嚴寒深惡痛絕。沒想到隔年我們便舉家遷至他的故鄉。到了上海，我積極學說上海話，寫年卡給夏先生時便賣弄幾句，逗他開心。夏先生告訴我，他們在上海先是住在蘭心戲院附近，再搬至霞飛路國泰戲院附近，都是最「鬧猛」的地方，後來搬到較新式的兆豐別墅。兆豐別墅就在中山公園附近，離我住所不遠。當年這個別墅住的多是達官顯要。

二〇〇八年八月，我回紐約探訪故舊，借住在新澤西茶頸鎮朋友家，並擇日去探望夏先生。我先搭巴士進紐約，轉地鐵到他家。夏先生見了我很高興，但明顯話少了，他送我一本香港出版的《談文藝憶師友》，上面特別寫著我們已四年不見。夏先生和夫人很熱情地招待我，請我到附近的法國餐館用餐。餐畢，我因為要趕車，只好提前告辭，夏先生跟我在餐廳外告別，互道珍重。我望著他的眼睛，很驚奇地發現八十多歲的夏先生眼睛清澈明亮，全無耄齡老人常見的黃濁血絲，那清澈的眼光留在我的腦海裏，成了我對夏先生最後的印象。

那年的年卡上，夏先生說見面後一周，他因為忙碌染上肺炎住院了，正在逐漸康復中。隔年的四月，莊信正教授來上海，約在靜安公園的巴厘餐廳吃飯，說到夏先生中風，已插管，住在布朗士一家療養院，情況不太樂觀。我寫信給夏夫人詢問病情，夏天到加州探望母親時，也打了電話去慰問。夏先生後來康復出院了，二〇一〇年十二月，又給我寄來賀卡，如往常一般，密密麻麻寫滿卡片的空白處，說自己九十歲了，當選臺灣中研院院士，說收到我寄去的新書，真想把它看完，「我已多年未看你們這一代的作品了，自己想想就很難為情。」

夏先生總是非常客氣，什麼事都要寫封信，請我吃飯，我寫謝卡，他也要回信。他的信寫在A4的白紙上，絮絮說著近況，或是最近寫的得意文章，如有塗改，一定用塗白液。我注意到這封卡片上，字跡較為潦草，錯字直接塗掉，沒有再用塗白液了。這是夏先生給我的最後一封信。

而今，夏先生真的仙去了，我也真的在寫關於他的回憶。如果能見到夏先生，我一定會跟他說，這篇文章難寫得「一塌糊塗」，而他會以清澈的眼光看著我，彷彿在說：只寫你知道的。

章緣

臺灣臺南人。曾獲聯合文學小說獎、聯合報文學獎、中央日報文學獎等。作品入選多種年度小說選與精編、臺灣筆會文集、中國《新華文摘》。著有短篇小說《更衣室的女人》、《大水之夜》、《擦肩而過》、《越界》、《雙人探戈》，長篇小說《疫》、《舊愛》，隨筆《當張愛玲的鄰居：臺灣留美客的京滬生活記》。

瑣憶夏公

宋偉杰、王曉珏

二〇一四年伊始，寒流暴雪、極地渦旋不期而至，突襲紐約、波士頓和費城。隨後大雨滂沱，天氣又驟然由寒回暖，彷彿冰火兩重天。夏公志清溘然長逝，對不少人來說，不啻一場心靈的風雨。這種天氣，夏老師會說，真是發瘋了，神經病啊；但如果聽到天地有情、顯靈托夢，夏老師會說，這是迷信，迷信不好啊。在費城郊區的陋室，我們搜尋、翻檢夏公親贈的書籍，以及昔日與夏老師夏師母同聚的影像文字，往事浮現，悲欣交集。

一九九九年秋，我們從麻省劍橋市搬至紐約哥倫比亞大學，追隨王德威老師攻讀中國現代文學與文化，王曉珏同時在比較文學與社會中心，與 Andreas Huyssen 教授研讀德國文學與思想。到哥大不久，我們便認識了夏公。按照北大的習慣，學生會將德高望重的老師尊稱為先生，我們一開始叫他「夏先生」，但他更願意被稱為「夏老師」。

從上海滬江大學到北平北京大學，夏老師可謂南人北居；而後跨洲越洋，負笈耶魯大學，再定居紐約哥大，仍是南人北居，兼採兩地之長。對我們來說，夏老師是「老頑童」，也是「大宗師」。他自稱「平易不近人」，政治不正確，但他任情率性，學養深不可測。夏老師講過，他英文比中文好，手下寫的比嘴上說的要認真負責。夏老師平日交談可謂快人快語，口無禁忌；他那些著名的口頭語，如發瘋、神經病、不得了、真偉大、真糟糕、聰明、一塌糊塗、好人、壞人等等，簡潔明瞭，妙趣橫生，使人快樂，也使人不安。可是他一旦伏案寫作，那些文字，無論中文英文，散文論文，卻從容不迫，章法謹嚴，旁徵博引，氣勢雄渾。

夏老師身居象牙塔，但也見識過大世面，從熱戰到冷戰，從上海、臺北、北平到紐約，都曾親身歷練。二〇〇一年九月十一日早上八點五十分左右，夏老師收到香港打來的越洋電話，告知他恐怖襲擊事件，因為電話線路嘈雜不清，夏老師還以為說的是一九九三年世貿中心的爆炸案，就掛上電話，催促夏師母趕快按時早走，去紐約下城上班，結果夏師母在三十四街地鐵站就被紐約警察攔下，還不告訴緣由。中午開始，哥大附近的雜貨鋪大排長龍，人們紛紛搶購日常必備物品，夏老師卻鎮定如常，全然不以為意，畢竟他是八年抗戰、國共內戰、冷戰、後冷戰時代一路風雨的過來人。

記得有一天在他家裏聊得開心，夏老師忍不住要給我們看一看他珍藏的寶貝——周作人《希臘女詩人薩波》譯作的手稿，以及張愛玲給他的親筆書信。我們曾見過夏老師洗練的字跡，這時又親眼目睹張愛玲的手書，周作人的親筆，不禁癡想他們的學養、風度、寫作、人生。艱難時世，顛沛流離，他們的字跡卻彷彿不沾人間煙火，透出冷靜和淡定。

錢鍾書稱讚《中國現代小說史》「文筆之雅，識力之定，……足以開拓心胸，澡雪精神」，真是慧眼識人。這種「識力之定」，既體現在他膽識過人、擲地有聲的學術文章，也落實在他吃藥（維生素）、吃飯、散步、清談的日常生活。以九十高齡，夏老師臉上甚少皺紋，他笑稱訣竅在於定時吃維生素。他傍晚散步雷打不動，在紐約曼哈頓百老匯大道，在河濱公園與晨邊高地之間，時常可見他的身影。想當年夏老師「一戰成名」，一九四六年在北大脫穎而出，其論述詩人布雷克（William Blake）的文章，深得燕卜遜（William Empson）賞識。談到個中訣竅，夏老師說，他是通讀布雷克的全集不止一遍，才從容落筆，當然立論篤定，舉重若輕。燕卜遜以《曖昧七型》馳名文壇，但夏老師的論斷卻毫不「曖昧」，他一生治學的風格更接近利維斯（FR Leavis）在《偉大的傳統》中展現出來的氣勢、眼光與「定力」。

夏老師西洋文學出身，非常重視外語修養，並敬佩那些精通多種語言的大語文學家。他激賞錢鍾書，關注大陸文學史上一度銷聲匿跡的林語堂、梁實秋等作家學者，便有這種考量；他點評周氏兄弟，認為知堂老人比「大先生」魯迅的外文、學養更好更高明，也是例證。幸得王德威老師推薦，夏老師慷慨出任王曉珏博士資格筆試、口試以及博士論文的指導老師之一，親自指點張愛玲、沈從文、冷戰與文學現代性想像等論題。夏老師也批閱了宋偉杰《測繪現代北京》博士論文的若干章節。他不顧年邁，親炙親為，連論文中的標點符號與拼寫錯誤，都一一指出更正。除了縱論中國文學，至今印象頗深的話題當數歌德的《浮士德》。王曉珏曾先後求學於北大、哈佛德文系，第一次拜訪夏老師時，談到德國文學，夏老師回想自己當年在耶魯念書時修習德語，特別是藉助字典下苦功閱讀《浮士德》的經歷，談得眉飛色舞，相隔數十載，依然為自己當年付出的努力而自得。

治中國現代小說史，夏老師不是面面俱到，而是取捨分明，即便在學界引發廣泛持久的爭議和論辯，他仍舊特立獨行。他推崇的錢鍾書、沈從文，堪稱「學院派」與「鄉土文學」之兩極。其實他對學院鄉土之分，左翼右翼之別，並不看重。他關注的是對人性的觀照，對優美作品的發掘，絕不人云亦云，而是力排眾議，將他法眼中的偉大作品放入文學史的譜系。回頭望，這已是「重寫文學史」思潮的濫觴。他批評老舍的《四世同堂》、《龍鬚溝》，而讚賞《駱駝祥子》和《茶館》。他談到林徽因的絕代風華，認為她是文藝復興式的人物，但可惜作品不多。他對魯迅的散文詩評價甚高，可是在《中國現代小說史》的論述框架中放不進去。他拯救張愛玲於「鴛鴦蝴蝶派」的水火，但是對張愛玲喜歡、夏濟安力薦的張恨水，以及陳世驤等欣賞的金庸，卻不讀不論。這一方面是出於他對「偉大傳統」的執著：他對雅俗之辯、高下之分，念念不忘；另一方面，他告訴我們，他是 **poetry person**，講細讀，重細察，畢竟張恨水、金庸等人作品部頭太大，讀不完，而且俗文學的源流，牽涉深廣，不易梳理。當然，以夏老師定力之高，心臟之強大，他不需要藉助逃避式的白日夢，或千古文人不滅的俠客想像，來尋找心靈的慰籍，或暫時安頓漂泊離散的身心。其實張愛玲和張恨水的作品不無共通之處，一種可以稱作「快照」與「世情」的辯證互動：一方面是面對應接不暇的現代經驗，作家的敘事安排和文學觀照；另一方面是經過世異時移、戰亂遷徙，那仍舊延綿不絕的中國式離合悲歡、世態人情。在這裏，夏老師對「感時憂國」（obsession with China）的反思，與夏濟安藉俗文學對「中國心靈」（the mind of China）的診斷，或有呼應共鳴。

有趣的是，夏老師不看武俠小說，卻喜歡看武俠片，更不用提他對劉別謙（Ernst Lubitsch）作品的情有獨鍾，對好萊塢電影的廣泛涉獵。一部電影幾個小時的長度，夏老師可以從頭到尾全部看完，既可怡情娛樂，也可細察全貌。對我們來說，最驚心動魄的一次體驗，是跟夏老師夏師母一起去林肯中心，看數碼修復版的默片《紅俠》（一九二〇年代在上海拍攝）殘存的片段。當時電影院裏面靜悄悄的，夏老師看到異常迅速的武打動作，或任何可疑之處，沈吟片晌，便突然大叫一聲：「哎呀」！而且他的「哎呀」時斷時續，出人意表。在場的觀眾聽到夏老師的第一聲斷喝，不由震驚側目，後來再聽到「哎呀」，不禁笑出聲來。夏老師的「哎呀」與魯迅的「吶喊」不同，他這是有聲的拍案驚奇，但也是擊節卻不贊賞：他不會受武打、動作等通俗娛樂因素的蠱惑，不過看到有趣或有問題之處，便旁若無人地「哎呀」感嘆，直抒胸臆。

夏老師的「哎呀」，也讓我們想起另一樁趣聞軼事。記得我們曾在曼哈頓「道」餐館（TAO Restaurant）吃飯，他一進門就問，為甚麼這個餐館名字叫「道」，供奉的卻是佛像。他看到餐館的裝飾有一處淺池，摹仿花港觀魚，不禁大為好奇，突然用皮鞋測試一下水的深淺，我們差一點「哎呀」出聲，幸虧夏師母一把拉住夏老師。他率性的「哎呀」，他頑皮好奇、童心未泯的言行舉止，常常讓新朋舊雨樂不可支。

宋偉杰

北京大學比較文學博士，哥倫比亞大學東亞系博士，新澤西州羅格斯大學（Rutgers University）亞洲語言文化系助理教授。著有《從娛樂行為到烏托邦衝動：金庸小說再解讀》，《中國・文學・美國：美國小說戲劇中的中國形象》，英文書稿 *Mapping Modern Beijing* 將由 Oxford University Press 出版。譯有《被壓抑的現代性》，合譯有《跨語際實踐》、《比較詩學》、《公共領域的結構轉型》、《理解大眾文化》、《大分裂之後：現代主義，大眾文化，後現代主義》等。

王曉珏

北京大學德語文學學士、碩士，哈佛大學日爾曼語言文學系博士班，哥倫比亞大學東亞系、比較文學與社會中心博士，賓州大學東亞語言文明系助理教授，兼聘日爾曼語言文學系、電影研究及亞美研究中心。英文書稿 *Modernity with a Cold War Face: Reimagining the Nation In Chinese Literature across the 1949 Divide*，哈佛大學亞洲中心二〇一三年出版。合譯有《公共領域的結構轉型》、《理解大眾文化》、《大分裂之後》等。

緬懷夏志清先生

鄭達

夏志清先生平靜地離開了我們，享年九十二歲。因為研究蔣彝，承張鳳女士牽線，我有幸結識夏老，並得到他指教。最後一次見到夏老，是二〇一〇年四月二十七日。當時，拙作蔣彝傳記出版，獲蔣健飛夫婦和紐約經文處的支持，舉辦新書發表會，梅振才先生大力宣傳幫助，邀請了文化界的前輩出席，包括董鼎山、宣樹錚等。我知道夏老身體欠佳，但還是冒昧給他寫了信，邀請他光臨。沒想到，夏老很快回覆，欣然應允，並表示「那天我也可以發言，談談老友Yee」。後來，夏老偕王洞師母一起如約，並作了精彩的講演。

我第一次去夏老寓所拜訪是一九九九年元月，夏老當時已經年近八十。他精神矍鑠，坐在靠椅上，侃侃而談，背後沿牆的書架上滿是書籍，真有一番坐擁書城、其樂無窮的感覺。他一九六二年到哥大任教，與蔣彝合用一間辦公室。蔣彝當時已經六十，其《啞行者游記》暢銷歐美國家，而夏老才四十出頭，才華橫溢，從耶魯畢業，出版了一部《中國現代小說史》，奠定了自己在美國漢學界的地位。他們倆背景迥異，且相差幾乎整整一代，卻成了好朋友。夏老給我談了不少蔣彝的情況，介紹了他們倆一起在哥大工作的經歷，對蔣彝的作品作了評論。他思路敏捷，對歷史、人物、作品的分析相當精到，可謂鞭辟入裏。

夏老為人直率坦誠，毫無掩飾造作，他認為蔣彝刻苦，其遊記作品富有特色，在藝術和詩歌方面也有相當的成就，但在學術研究上造詣不高，不過談到那篇在哈佛優等生榮譽學會的發言《中國畫家》時，則頓時眉飛色舞，讚不絕口。他認為蔣彝翻譯的「可口可樂」妙不可言，但他也會得意地提一提自己當年曾經把哥大東亞系大樓 **Kent Hall** 譯成「懇德堂」，異曲同工，足以與之匹比。夏老善于比較，談論蔣彝時，兼及林語堂和熊式一，談論中西文化時，兼涉文學與繪畫藝術，這種宏觀的比較方法，如高屋建瓴，令人耳目一新。

夏老名震文壇，但始終虛懷若谷。我們在討論蔣彝遊記作品時，他表示其暢銷是因為迎合了西方讀者的口味，似不足為道。我覺得，應當將那些作品放在歷史氛圍中考慮，這暢銷受歡迎的事實背後，有歷史、藝術、文化等多方面的因素，值得深入研究。夏老聽後，沒有生氣或者不以為然，我們第二次見面時，他認真地表示贊同我的觀點，並且力促我早日完成這本傳記。

夏老的鼓勵和幫助，使我得以順利完成了傳記的寫作，也因此對前輩學者熱心扶掖後進的美德有了深切的體會。

鄭達

美國薩福克大學英語系教授，亞洲研究項目主任。研究領域主要為美國文學和亞裔文學。出版著作有英文傳記《*Chiang Yee: The Silent Traveller from the East*》（二〇一〇），中文版《西行畫記——蔣彝傳》（二〇一二）由北京商務印書館出版。目前正撰寫現代戲劇家熊式一的傳記。

初次見面就是最後見面

懷念夏志清先生

朴宰雨

夏志清先生走了，我們韓國學界很懷念他。

我一九七三年入學國立首爾大學中文系，二年級的時候接觸到魯迅等中國現代文學作家的作品，開始發生興趣。寫畢業論文的時候才讀到夏先生的《中國現代小說史》英文本，對夏先生的著作有了深刻的印象；那個時候，中國大陸的《中國現代文學史》之類的書在韓國是看不到的。因此，早就有了如果有機會一定向他請教的念頭。

不過，當時韓國的中文學生不像現在這樣多，而且有意留學的大都去臺灣研究中國古典文學，我也進入臺大中文研究所研究司馬遷的《史記》等古典文學。那時，研究中國現代文學，除了去日本深造之外，去美國研究中國現代文學是很難想像的事。恰巧，我讀博士的時候，年輕的王德威先生從美國來臺灣大學做了特別演講，內容包括中國現代文學，相當精彩，據說王先生是夏志清先生的高足。

韓國中文學界的一些學者後來抓到機會去美國做研究。我也從二〇〇〇年開始，多次利用研究計畫，或者寒暑假去美國拓展眼界。有時候參加國際學術研討會，有時候見見孩子們。

當時我的兒子在美國東部費城附近留學，後來在費城工作，女兒在西部三藩市附近留學，我和太太就找個機會東飛西飛看看他們。期間，我曾多次參加王德威先生等舉辦的國際會議，但是總沒能見到夏先生。據說，夏先生已經老了，基本上不參加學術會議，由此，碰到夏先生的機會就很難。

但是老天不負有心人，機會總是來了。二〇一〇年二月我和太太為了見兒子去東部費城，順便訪問紐約。我利用這個機會跟哈佛大學的張鳳女士打電話，有幸得到她的幫忙，二月十六日終於實現了對夏先生的訪問。還好，二〇〇八年六月我已經在上海復旦大學會議上拜見過夏師母，因而此番拜訪夏先生家，很有親切感。

當時夏先生年紀已近九十，但是看起來心情舒暢，容光煥發，非常健康。我本來想向他請教《中國現代小說史》裏的幾個問題，以及當年他和捷克漢學家普實克的一場論爭（註）。不過，他的口音很重，作為外國學者的我，他的話實在不容易聽得全懂。雖然沒能達成我的請教目的，但是他的言談舉止，非常讓人開心。能訪問西方世界中國現代文學研究的開創者，親自見他的面容，親自聽他的聲音，親自和他談不少話，已經是很難能可貴的了。

二〇一三年四月我和德威兄、曉珏教授一起在哈佛大學舉辦「國際魯迅研究會第三屆論壇」，據說這是繼三十年前加州舉辦「魯迅研討會」之後，再度於美國舉辦的全球性「魯迅研討會」，此會非常成功，我的感懷特深。那個時候，聽說夏先生還健康，還活潑，讓人欣慰。真沒想到他年底與世長辭，真是悲痛之至。

二〇一〇年二月十六日拜訪夏先生，迄今近四年。那是初次見面，也是最後見面。但願夏先生在天上靈界得到永遠的安息。

註：一九六一年夏志清出版《近代中國小說史》對魯迅評價較低。捷克漢學家普實克（一九〇六—一九八〇）有不同看法，遂在《中國現代文學的根本問題和夏志清的〈中國現代小說史〉》書中批評夏志清的分析方法不夠「科學」，夏志清撰文反駁，兩篇長文均刊於「布拉格東方研究院」的雜誌《*Archiv orientální*》，是研究中國現代文學的必讀評論。

朴宰雨（Park, Jae Woo）

韓國漢學家，現任韓國外國語大學中文學院教授、院長，兼任中國社科院季刊《當代韓國》韓方主編等。韓國首爾大學中文系畢業，台灣大學中文研究所碩博士。曾任韓國中國現代文學學會會長、韓國中語中文學會會長等職，著作有《史記漢書比較研究》（中文）、《韓國魯迅研究論文集》（中文）、《二十世紀中國韓人題材小說的通時考察》（韓文）等二十多種，譯有《吉祥如意》（莫言等）、《香港文學選》（也斯、彥火等）十多種。

錦繡般的一生

敬悼夏公

符立中

生老病死，本是亙古不變的自然法則。夏志清超過九旬，臥病已久，與世長辭，原不令人意外；但是他逝世的消息，卻在中港臺掀起新聞熱潮，實在是歷史地位如此驕人，在文學逐漸式微的年代，喚醒人們對過去求真存善、「為藝術而戰」的美好回憶。

夏公是在紐約時間十二月二十九日過世的，在臺北得到消息，上微博一看，已經一片熱議。原來復旦大學中文系主任陳引馳以化名透露消息，他那一條微博，當下即轉發近四千次！次日《東方早報》做了即時報導；第三天除了大陸各大媒體網站鋪天蓋地席捲而來，臺灣的《中時》、《聯合》幾以全版刊載，連幾乎不登藝文新聞的《蘋果日報》也作成頭條……能得各界禮遇至此，夏公已可含笑九泉。

我和夏公，其實僅有一面之雅。時序追溯到二〇〇一年的法拉盛。世界華文作家協會開年會，北美作協頒獎給他、琦君、王鼎鈞和鄭愁予。夏公紅光滿面地縱橫全場，蘇州腔國語說起來像機關槍，因此連「交談」都稱不上、而是我趕忙追拾他連珠砲的「掃射」成果。夏公頭髮早已斑白，但大聲嚷嚷、開開心心的，像生平頭一遭赴宴的小孩兒！因為印象實在太深刻，二〇〇三年寫到〈張愛玲與四個男人〉（四位是指張學四家：夏志清、唐文標、朱西甯、水晶），即寫道：「他是後輩心中武功卓絕的老頑童，位居高堂卻不拘於世俗，是真正大情大性的人。」「老頑童」這個詞，可能是我最早這麼寫的；但當時是借用武俠經典人物，代表他「武功」奇高但生性天真爛漫，不是單純開玩笑。

後來我從散文跨行到文學評論再到文學史，在不斷淬煉文學眼光和獨創論斷的過程中，才瞭解到夏公當年寫出《中國現代小說史》，「學術墾荒」的功蹟，簡直有如開天闢地！雖則專擅領域遠不及夏公廣闊，僅在「張學」這一塊耕耘，但接觸到李歐梵、吳福輝、陳建華、陳子善……等前輩，無不稱譽夏公。其中陳子善教授尤為重要，是他代為奔走，將《中國現代小說史》引進內地發行簡體字版；夏公逝世，內地的反應至為強烈，咸認夏公的著作，彌補了他們數十年來思維的空白，這裏頭自有子善先生的功勞。「那美好的仗，我已打過。」從被左派批鬥到席捲中國大陸，夏公畢生，無愧此譽。

因為一腳踏入張學，夏公的消息自然也多了起來：他病了、開刀、住進療養院，很多熱鬧的事情都缺席了——比方《色戒》上映引起的論文熱潮。二〇一〇年張愛玲九十冥誕，大陸終於開了禁，在北京大學百年講堂舉行內地有史以來第一場張愛玲學術討論。當我站上舞臺，陳子善是主席，宋以朗在身旁，歷史的長河彷彿在周遭湧動——這裏頭有張愛玲的、有宋淇的，自然也有夏志清的，那種氛圍，令人虔敬、令人感動；要經過多少年孜孜不倦的努力，人們才能理解張愛玲的美好？夏公是拓荒者，卻沒能享受到這一刻。

夏公生前接受訪問，認為他挖崛了張愛玲、錢鍾書、沈從文、張天翼。不過我個人所推崇的，可能牽涉到更宏觀的一面：在那個「以文學史服務政治」的年代，是《中國現代小說史》以清晰的體系，將歷史的脈絡加以整理點評，將文學從偏離到政治的軌跡，拉回到藝術；夏公以大膽、不因襲前人、開創性的論點，全面性的向讀者介紹了那整個時代！所謂「時勢造英雄」，夏志清對張愛玲的品評不在於將她拉拔到前所未有的高度（儘管這種姿態日後引起許多不必要的盲目崇拜），也的確受過傅雷等前人的啟發（雖則夏公生前接受訪問說他在下筆前未看過傅雷的〈論張愛玲的小說〉），不過他曾與宋淇書信討論，可以說某些觀點透過宋淇間接得到傅雷的觸發建構），但他以公平、一整套完整的美學標準將魯迅、茅盾、老舍、沈從文、張愛玲、錢鍾書一字排開，讓真正有鑑別能力的讀者可以自己去公平賞析，其藝術成就真是前所未有的鮮明。

一部上乘的文學史，能夠超越作者本身的侷限，《中國現代小說史》即是如此。現今看來，建構這本書，一半是文學理論與文學品鑑，一半是文學史與史觀。既然牽涉到史料的搜集運用，那麼五十年前出版的這本書，自然就有了圚囿。夏公超越的方式在於公平無私，將所有的作家列在同一條基準點上，進行文本分析、下苦功式的比較——使一些從政治立場出發的「評論家」要歪纏「XXX更偉大」無從發揮。也因此，我對一些「給予張愛玲的篇幅比魯迅的還要多上一倍」之類的論調，只能說這對夏先生極不公允。當然不可諱言，有人就是從這些聽聞到的「量化」比較引發好奇，從而去讀張愛玲的。但這的確是相當貶抑整部《中國現代小說史》的價值。

夏公的性格，也促使他立下了「張愛玲的〈金鎖記〉是中國從古以來最偉大的中篇小說」

的評斷，這和傅雷的立場相當相似，出自於他們性格的嚴肅層面——比方夏公就曾說他絕不看武俠小說、浪費時間；而這卻是他的哥哥夏濟安和摯友宋淇的心頭之好。身為夏志清的「張愛玲啟蒙」，宋淇最推崇的反倒是帶有諷刺喜劇色彩的〈傾城之戀〉，夏志清雖和宋意見不同，但夏志清超越傅雷的地方，就在於他能以同樣的耐性和尊重，去給予〈傾城〉同樣詳盡的描述和剖析。夏公講話向來是快人快語的，但在「快」當中，夏公顯示出他的胸襟，願意去肯定和他本性不盡吻合的文學風向——這就是《中國現代小說史》足以屹立到今天的另一層價值。

《中國現代小說史》第三層影響力，在於過去遼闊但封閉的中國大陸。關於這點，要數同濟大學文化批評研究所所長張閎說得最為精到：「他的名字在『文革』後開始傳入大陸文學界，並且，在接下來的三十來年的時間裏，人們一直都在享用夏志清的學術成果……例如最為人所津津樂道的《中國現代小說史》，直到近十年方得以在大陸出版，而且是被刪節的版本。許多重要的論文至今尚未見簡體中文版。夏志清正是以這樣一種奇特的方式，以一種所謂『不在場的在場』，影響著大陸學術界。」我認為夏志清透過這種「無名氏型式」留予大陸學者的啟示，不但打破了非黑即白的二元性論述，更對那些習慣將文學史看作作家權力排座次的論者，提供了另一片純以美學趣味書寫、藝術造境統攝的權力秩序。

夏公的老病，也迫使他自《小團圓》、《易經》、《雷峰塔》的熱潮缺席。沒能看到他繼續對這些新出土的作品給予評價，像過去對〈金鎖記〉那樣一錘定音，是讀者的損失。現今傳媒紛立，舞臺看似較過去廣闊，但眾聲喧嘩，黨同伐異，良莠不齊；讀者的無所適從，遠較過去為甚。

像夏老當年那樣震聾發聵、當頭棒喝的，我們這一輩是沒有人了！

因為談張也寫張，很榮幸的，趕上夏老生平最後一件大事：《張愛玲給我的信件》。這批信件自一九九七年發表以來，時斷時續，最後還是沒完，在夏師母王洞的鼎力相助下，在二〇一三年大功告成！當我捧著那疊厚沉沉的原稿，幾乎難以置信：

「你們打算幾月出版？」因為和「聯合文學」出版社不常合作，問的時候有些遲疑。還好主編羅珊珊，是詩人商禽（羅顯烆）的女兒，過去在報社合作過。

「二月。」

「啊～～你們要給夏公過壽呀！這真是最好的生日禮物！不過——」我想起一件棘手的事「皇冠那邊知道嗎？」皇冠曾對「時報出版社」兩度（《張愛玲資料大全集》、《我的姐姐張愛玲》）寄出存證信函，擁有張愛玲的中文獨家出版權。

「哦，夏老師說宋以朗之前同意呀！」

我一聽啞然失笑，這等牽涉白紙黑字的大事，豈能憑這幾句話就解決？夏志清和宋以朗，二〇一一年才發現兩人居然看同一位牙醫而「相認」；我相信宋以朗曾懇切鼓勵夏先生寫完，但那也不過就是兩年前的對話。當下趕忙打長途電話給在香港的宋以朗，他果然還不知道書已完成。宋先生和他的律師商量許久，又研究如何告知皇冠，港臺熱線了好一陣，才完成全部後續作業，最後宋先生寄了一封信函到紐約，告訴夏老他遵循當年母親的遺願同意使用，這本書的出版手續才大功告成。

《張愛玲給我的信件》和《聯合文學》二月號的出版，是臺灣文學界二〇一三年的大事；出版社邀請了楊澤、陳芳明等專家展開一系列的講座，由我擔任首發會演講人。這像一個夢——從一九九七到二〇一三，從文學青年變成文學壯年，終於等到這本書的出版，見證夏公在去世前向歷史負責奮力完成此書——這個文學之夢，終於成真。

夏師母王洞慨然寄贈一本夏公簽名的《張愛玲給我的信件》給我，上面歪歪斜斜地簽上：「贈立中弟……夏志清」，師母在旁補上「謝謝您的大文〈傳奇的誕生〉志清很喜歡」。基於禮節，我寄出自己的張學論著，表達收信的喜悅和感謝。更大的驚喜在後面：夏師母又寫信過來，說病癒回家的「志清正在飯桌上看您的大作，他首先被許多珍貴的照片吸引，再看〈張愛玲與四個男人〉，邊看邊讚美您『中文寫的好』。後來看了歐梵的序，更驚訝您在音樂，電影多方面的造詣，連稱『奇才』，我是愛不釋手，連夜把整本書看完……。」

原本聽說他病癒出院，十二月底要從療養院回家過節……我為這些消息高興著、雀躍著，還在想該選什麼樣的生日卡寄給他。沒想到，卻在這個可資紀念的一年——《張愛玲給我的信件》的出版年，夏公會說出：「我很累，我要走了……」告別這個世間。對於走過九旬動亂的文學巨擘，個人的感懷與不捨相形之下實在太過渺小，勉強從自身經驗出發，寫我出身文學大家庭對夏公歷史定位的理解、寫夏公在生命盡頭對一位後輩的鼓勵，希望像是萬花筒裏的一抹吉光片羽，和諸多文友拼湊起夏公錦繡般的一生。

符立中

作家、樂評家，獲邀參加張愛玲九十冥誕香港國際研討會及北京、台北紀念講座。台灣重要樂評家，二十年間古典樂評多受其影響。曾應邀為台視中視新聞講評，與程抱一、高行健《八月雪》、林懷民《托絲卡》合作，多次應邀與白先勇對談。為 EMI 製作法國國寶 Mesple 專輯。曾專訪 B.Nilsson、Schwarzkopf、Vishnevskaya 等樂史傳奇。

與夏志清老師之緣

王克難

我在紐約的時候，志清老師剛到哥倫比亞大學教書，身邊已跟著一大堆學生。

在臺大外文系時，我是夏濟安教授的學生，畢業論文是濟安老師指導的。他們兄弟情深，因此志清教授對我們這些他哥哥的學生非常愛護。我們稱濟安教授為「老師」，也稱呼志清教授為「老師」，他則直呼我們的英文名字。有一段時間我住在老師家的大樓隔壁，有時他們外出，我就幫忙照顧孩子。

一九六五年濟安老師不幸在柏克萊腦溢血昏迷，他一直等到志清老師趕到他身邊才瞑目，時年四十九歲，我們聽到這個消息，不禁流下淚來，以後志清老師對我們這批學生更加呵護。

濟安老師曾建議我攻文學先從翻譯著手，志清老師則說我童心重，最好朝兒童文學方向發展。他很喜歡小時候唸過的《秘密花園》，我幫他和師母看孩子，他就把《秘密花園》一書送給我。那是移民美國的英國作家柏納特寫的經典兒童故事，男主角是一個病弱少年，小時候母親就不幸死了，他父親傷心欲絕，把他跟太太一起生活遊玩的花園深鎖起來，後來少年的表姊也因為父母雙亡來投靠他家，幫他發現了秘密花園，也發現了母親年輕時的畫像。

老師熱愛藝術，桌上放著一本美國國家美術館的畫冊，裏面有一張法國十八世紀畫家法歌拉舉世聞名的「少女讀書圖」，那張畫給我很深的印象。我搬到南加後，迷上了油畫，去社區大學上油畫課，老師叫我們每人仿畫一張，我抓到的是一張色彩精美的少女圖，一看居然就是志清老師那本畫冊裏的「少女讀書圖」！

「少女讀書圖」不難模仿，兩堂課下來，我已差不多完成，老師很高興，期終展覽時把我的「少女讀書圖」掛在學校畫廊的玻璃櫥窗裏，有位美國同學很喜歡，要給我兩百元買去，我大喜過望。

一星期後，圖畫老師打電話來說，戲劇系要公演「秘密花園」，劇中的年輕母親喜愛看書，我仿畫的「少女讀書圖」中，少女手捧著書聚精會神的看，戲劇系希望能借去當佈景，我欣然同意。

「秘密花園」演出當晚，我帶小女兒到學校禮堂去觀賞，話劇最高潮是病少年發現他媽媽的畫像，幕一拉開就是我那張「少女讀書圖」，畫中的少女也好像在熱烈的掌聲中活了過來。

後來我因為對油畫油彩與溶劑嚴重過敏，只好放棄心愛的油畫生涯，但是對仿畫的「少女讀書圖」仍是偏愛。我一直想有一天去紐約拜訪志清老師和王洞學姐時，把我仿「少女讀書圖」和社區大學演出「秘密花園」的故事講給他們聽，但未能如願。

當年在紐約，志清老師曾幾次問我，為什麼要唸我並不熱衷的社會學博士，我說美國熱衷社會研究，我服務的哥倫比亞大學，每年都順利地拿到研究金，志清老師引用了一句話：「花一百萬美金在紐約城裏去找一個貧民窟」，並說美國的研究黃金時代已快過去，吃這行飯會愈來愈難。

我曾在兩星期內把當時兒童教育的暢銷書 *Summerhill* 譯成中文，這本二十四萬字的書稿《夏山學校》，一直擱在一邊，志清老師鼓勵我拿到臺灣去出版。一九六五年稿子帶回了臺灣，由立志出版社出版，但濟安老師同年二月就去世了，沒來得及稟告。幾個月後，立志出版社因遭火災而關門，《夏山學校》也絕了版。二十年後遠流出版社重新出版，成了很久的暢銷書，影響了臺灣的教育界及家長們，濟安老師天上有知，一定會很高興的。

志清老師思想特別快，話常來不及講，跟我們在一起，不大談他極有權威的中國現代文學，只愛講西方文學中有趣的故事，自己先樂成一團，圍著他的我們每次都聽得勝讀十年書。

他喜歡看電影，當時有個賣座的、黑色幽默的電影《奇愛博士——我如何學會停止恐懼並愛上炸彈》，他說是經典影片，諷刺六十年代美、俄冷戰期間國際政局的荒謬與恐怖。那天老師小醉，興緻特別高，模仿電影裏飾演美國總統的英國演員彼得謝勒的美國腔，夾著他的上海腔，大家笑得人仰馬翻。

二〇一三年底老師仙逝，享年九十二歲，他的《中國現代小說史》是二十世紀的經典鉅作，發掘了張愛玲、錢鍾書、周作人的小說，對中國文學的貢獻無人能替代。濟安老師培養了臺大比我低一班的作家群，白先勇、歐陽子、王文興、陳若曦、叢甦、葉維廉、李歐梵等，我們這班的周腓力、莊信正、金陵、胡耀恆和我，由於他的教導，一直走在文學的道路上。

志清老師比濟安老師多活了四十幾年，除了王洞姐無微不至的照料外，恐怕也和他經常哈哈大笑有關吧！哀傷之餘，更懷念志清老師和王洞姐對我們這些學生親切的關護，老師爽朗的笑聲，連珠的笑語，和他對古今中外的文學、圖畫、電影的笑談，都將常存在我心中。

王克難

臺灣大學外文系畢業，紐約大學碩士，從事中英文寫作與翻譯，繪畫和作曲。短篇小說曾獲教育部國家文藝創作獎，四度獲文建會贊助，兩度獲海外華文著述詩歌首獎。出版小說及散文集《離鄉之戀》、《初雪》、《生日禮物》、《霧裡的女人》，詩歌《三千之光》、《願望之書》等十餘本，譯作《夏山學校》，攝影散文集《遠方女兒的明信片》、《二〇一〇上海世博明信片》、《德國之翼》等三十餘本。

金沙隨風而逝

顧月華

與夏志清認識始於八〇年代「紐約文藝中心」，對他的直率及戲謔個性起初並不理解，不敢跟他多作交談，後來漸漸瞭解他治學嚴謹及口無遮攔的個性，是他最可愛開心的特點。他愛開玩笑，只要有他，就聽見他一口吳儂軟語，語出驚人，所以我對夏先生的所有回憶，必須與紐約這個文藝大家庭聯在一起。

因為被董鼎山大哥一再地封為「美食家」，所以每次聚會由我點菜，而夏先生對我點的菜讚不絕口，每次見面他都說與我是同鄉，其實都帶上海口音，而他是文化底蘊深厚的蘇州人，我是蘇州邊上的無錫人，都是南方清淡口味。所以在他八十歲生日時叢甦讓我去置辦酒席，我安排在「綠楊村」，在他九十高壽時，又由我跑腿安排在中城「杏花樓」，那天到了四桌賀客，大家都非常崇敬夏先生。

在這兩次壽宴中間，二〇〇七年我認識了夏先生十來年後，收到他兩本贈書，《談文藝憶師友》和《雞窗集》，這兩本書是王洞親自送到我公司附近，中午從公司出來，在「五糧液」中餐館晤面，她代夏先生送給我的，我非常感動，與王洞相處倍感親切，互相說着以後保持聯絡，但是後來卻因夏先生多病簡出而很少見面了。

在《談文藝憶師友》與《雞窗集》中看懂了夏志清先生如此招人喜愛的原因。他是一個心地特別善良，靈魂特別聖潔的人，在才高八斗的身軀中有顆平民心，多篇文章評論好萊塢電影，我也有這個喜好，我們都是電影迷，他英文好過洋人，自是來龍去脈看得頭頭是道，評論精彩絕倫，我讀他的書，從頭至尾用他的尖亮吳音，這樣讀他的書竟格外有趣，可以說他的呱拉呱拉聲音一直與書裏的字同時出現，從頭到尾沒停過，真是生動有趣極了。

在看完後按照他提及的故事人物列了名單，順藤摸瓜又把吳魯芹、夏濟安、董橋、及余光中的書買了回來，以前也許看過一兩篇他們的文章，現在一本一本讀去，更感得益匪淺，直到看完《沙田七友》，有了些許遺憾，雖然紐約文友間或能歡聚暢談，但是余光中的幽默也是一絕，對余光中與友人間的歡聚酣談，感到羡慕不已，不過還好我們紐約文友還有夏先生帶給大家很多笑聲。

有一天午餐會上，席間談論電影，緣起於李安的《色・戒》，竟在爭論中見證了各人刻薄隨和寬容豁達等不同性格，冷言熱諷喜笑怒罵忽然百花齊放百家爭鳴，最終毀譽參半。感慨之餘，這些常在文章中談論好萊塢電影的夏志清、董鼎山、叢甦等人最後眾口同聲說最好看的一部電影叫 *The Treasure of the Sierra Madre*（該珍惜的塞拉滿都），由 Humphrey Bogart 和 Walter Huston 主演，我便把名字記住了，回來後便讓網上租片服務公司很快寄來了這部一九四八年拍的片子。

三個貧困的中年男人被發財夢所惑，去墨西哥挖金礦，他們在難以言表的艱難中結下堅固友誼，互相幫助捨己為人，但漸漸地他們挖到了越來越多的金子，貪婪及偏執的人性漸漸破壞了他們的友誼，在一連串的變化中，彼此水火不容你死我活，最後金沙隨著漫天風沙吹得煙消雲散，財富得而復失，原地站着當年的三個窮光蛋。他們丟失了財富也丟掉了煩惱，恢復了昔日情誼。闡述出一個永恒真理，人生最重要的不是財富而是人性人情，謳歌了人類的感情和友誼。

在起頭沈悶及虛假的佈景中，我有點納悶，因為這樣不出彩的鏡頭要看兩、三個小時，我不知是否能堅持，而這樣老套的主題，要如何使現代人信服。但最後一刻主題彰顯，人性光輝天長地久，非常有文學性的一部電影，我也同意這是一部永存經典的好電影，尤其被那幾位名家利嘴都能讚美可不是容易的，跟他們相處就像面對一本書，往往有開卷有益之感，俯拾之間的三言兩語，竟能落地有聲即成經典。

有一次在參加張學良追思會後，唐德剛先生開車回紐澤西，捎上夏志清和我送一段，因為正好我要去東上城，於是也坐進汽車中，唐德剛先生每次見我總要我堅持寫作，他大概是我曾經停筆後最堅持要我寫下去的人，別人也許會說一句你的文筆不錯，不寫可惜了，但那次坐在汽車裏，他們是這樣勸我的，你在大陸生活了這麼多年，見證了許多事情是我們很早出來的人所沒有經歷過的，這些事情你有責任把它們記錄下來，因為在大陸的作家沒有你寫作的自由天空，而外面的人沒有在那塊土地上經歷你們的故事，有過經歷的人還需要有思想，你現在除此之外還有寫作的技巧，你應該寫下來，而且要寫一部長篇小說。

我告訴他們我沒有文學功底，沒有膽子寫長篇，他們說可以寫一個一個小故事，組成一個長篇故事。但是很慚愧的是我至今未能啟動，遑論完成這個期望和任務，本來心安理得地自我推諉得很徹底了，今天回憶起他們如恩師般的情誼，我的怠惰竟是不可原諒的。

但是我確實是認真聽取了他們的教誨及意見，包括所有關愛我的朋友及尊長的鼓勵，寫了些文章在海外見報後，在中國也許還不能面世，不免挫傷我的積極性，但每想起他們的話，感到寫作對我有使命感，也許較別人會沉重一些，但我必須堅持寫那些被掩埋封藏的歷史，責無旁貸，而我應該更感謝夏先生在內的所有亦師亦友的文友們，每次聚會帶給我的無形教益。

在夏先生八十大壽前，我不敢太接近他，他喜歡開玩笑，我開不起。讀懂了他的書也讀懂了他的人，才開始不光喜歡聽他講話，也喜歡與他講話，也不怕他開玩笑了，卻太晚了。九十大壽後我沒有再見到過夏先生，如果他看見我，也會蠻開心的，因為他認定了我們是同鄉，老鄉見老鄉，兩眼淚汪汪，這淚水，直到現在才從我眼中，靜靜地流了下來。

夏志清先生如金沙隨風而逝了，但他至真至善至美的人情人性，永遠留在世人的心裏。

顧月華

上海戲劇學院舞臺美術系畢業，長期擔任舞臺美術設計，擅長油畫與攝影。一九八二年赴美，在紐約藝術學生聯盟進修油畫，在FIT學習珠寶設計及鑽石鑒定。在中國、美國、香港、臺灣、新加坡等地，發表小說、散文、詩歌及評論，出版散文集《半張信箋》和小說集《天邊的星》。

至誠可愛的夏志清先生

湯振海

夏志清先生個兒雖不高大，卻是位美男子。鼻子筆挺端重，雙目俊美，略帶鏟形的下巴更富輪廓感地襯托出他的瓜子臉形。他的成就出類拔萃，個性也獨具魅力。

他出生於東去的長江口，有著豪放爽直、一傾千里的性格以及樂於助人的俠義心腸。對於後進後學，總是不乏援手；接受過他各方面幫助的年輕後輩難以計數，很多時候他都是來者不拒。十二年前，我剛到紐約不久，在一次畫展開幕的招待會上邂逅夏先生。當他得知我是他的老鄉後，便更為親熱近人。他把地址電話給了我，邀我上家作客。

夏先生和他太太王洞女士住在離哥倫比亞大學不遠的公寓裏，接近天花板的書架上堆滿了許多書籍。每次去總是先喝茶聊天，然後去附近的中餐館、義大利餐館或法國餐館吃飯。有兩次我怕夏先生受寒、勞累而極力勸阻外出就餐，但好客的他執意要盡主人的美意；結果還是拗不過夏先生，我們三人去了就近的一家希臘餐館。夏先生和他太太是這些餐館的老主顧，他一到便和企臺、服務員打招呼，人們和他顯得都很親近。

自從結識夏先生後，我常請他和夫人前來參加美國蘇州同鄉會的活動。夏先生只要能抽得出身，總是興致勃勃地來。他一到，周圍便即刻聚集了一圈人，歡聲笑語不斷，氣氛變得猶如一家人圍爐夜話嘮家常。有時我們不得不因為夏先生的在場而變通一下預定的活動議程；其實，可愛的夏先生擁有的還不只是驚人的凝聚力和親和力。

我還清晰地記得十年前蘇州同鄉會的一場活動。那一次紐約下了一場罕見的大雪。其實紐約的冬天經常有雪，然而交通基本不受影響，道路暢通，巴士、地鐵照開不誤。可是對於樹葉落下來也怕打破頭的蘇州人來說，似乎格外嚴重。這個打電話來說，駕車路難行，不想來了；那個說因乘車不方便，也作罷了。一場好端端的經過幾個月苦心籌備的辭舊迎新晚會，眼看就要開不成了。可是，夏志清先生卻出人意料地出現在我們眼前。那天晚上，他和夫人從曼哈頓的上城出發，搭車穿越一百多條街，踏著皚皚大雪，談笑風生地來到晚會現場。這位八十三歲的不老松的出席為活動捧了場，令人歡欣鼓舞，真是好樣的！同時也使我替那些望而生畏、裹足不前的蘇州人感到汗顏。

夏志清先生說起話來雖然帶有濃重的吳中鄉音，可是我們已經很難在他身上找到蘇州人的「毛毛雨」性格。他快人快語，開朗豪爽。這些恐怕與夏先生青少年時期就離開故鄉，走南闖北，海外生涯七十年的閱歷及其生活的環境密切相關。他敢愛敢恨，說話毫無顧忌，無論是對所評論的對象，還是本人；他無所畏懼地解剖別人，同時也不遮遮掩掩自己的隱私。他坦承由於自己的多情曾經對太太造成過傷害，我總是感覺到他有點像《紅高粱》裏的「我爺爺」。

我最早聽到夏志清的姓名是三十多年前，我上大學的時期。那也是中國大陸剛打開門窗的時候，人們如饑似渴地吸收各種海外的信息。當時我因準備報考現代文學專業的研究生而接觸了夏先生的大作《中國現代小說史》，他對張愛玲、沈從文、張天翼等一些在內地非但沒有受到重視反遭冷落批判的作家，給予極高的評價，從而引發了國內學界對他們關注研究的熱潮，彌補了中國現代文學史的某些空白，糾正了審視評論中的謬誤。夏先生仗義執言的史論，對於當時傳統陳舊的、左傾觀念還沒有破除的大陸學術界來說，確實產生了一種振聾發聵、撥亂反正的作用，使我們倍感新鮮和別開生面，頓時覺得打開了現代文學研究的廣闊新天地。

而重大的意義還在於，夏先生的史論大著是用英文寫作出版的，因而，西方世界了解中國的小說也是通過夏先生的著作，夏先生實在是把中國小說的概況介紹給歐美社會的得力推手，他的功不可沒，是應載入史冊的。也許正是基於這樣的原由，風趣幽默的夏先生常常半開玩笑地說自己：「我真聰明，我真偉大。」聰明自不待言，偉大也是人們可以賦予夏志清教授所做出的學術貢獻的桂冠。

不光對文學，夏先生對電影也極為熟悉與精通。他對上世紀二〇、三〇、四〇年代的中國電影和以往的歐洲經典名片、當今的美國時尚新片，都爛熟於心。有一次，我應國際筆會的邀請做電影講座，夏先生也來參加。過後中外電影也就成了我倆交談的一大話題。即使到了高齡，夏先生仍舊經常去林肯中心等影院看電影。他還應諾為拙著《中國電影景觀薈萃》寫篇評論，但因健康方面的障礙一直拖了下來。

半個月前，我剛從大陸回紐約，正打算新年期間去看他，卻傳來他走了的消息。我一下子呆住了，怎麼這樣突然，一陣風似的。再一想，這不正是夏先生的風格嗎？可親可愛的夏志清先生，走也走得那麼灑脫，我似乎從遙遠的蒼穹聽到他從天堂裏傳來的爽朗笑聲。

湯振海

蘇州大學中文系畢業，南京大學中文系戲劇學研究生班。先後擔任助教、講師、副教授、教授。來美後，在紐約市立大學教授中文，介紹中國電影，並在皇后學院就讀電影研究專業。出版著作有《影視采風集》、《影視名作賞析》、《影視藝術概述》、《中國電影景觀薈萃》，與他人合著的《文學藝術鑑賞辭典》，並常在各報刊雜誌發表散文、詩歌和評論。

夏志清大師的題字

呂紅

不知從什麼時候起，像那些稚氣未脫的小女生一樣，我也喜歡收藏名人簽名了。不僅收藏，還望有朝一日向讀者展示這些珍貴的簽名。前年暖冬在紐約，趁聚會見到了聞名遐邇的夏志清先生。我請他簽名題字，他欣然題下：「用功唸書必有心得」。

恰如好友對他的描述，九十多歲的夏志清好像老頑童，沒有大師派頭或架子，談笑風生且毫無拘束，鄉音無改鬢毛衰。他出生在上海浦東。許是家境不佳更促使他加倍努力。據說他九歲讀《三國演義》多達四遍，其烙印之深至今寫評論仍受益。在學術上愛恨分明，但無人否認《中國現代小說史》的厚重價值。

我最初認識他是在書本上。因所學專業是中國現當代文學，不僅要看作品，也需參照文學史評。夏志清《中國現代小說史》作為文壇拓荒名著，融貫中西學識，批評視野寬廣，卓識精警，殊知他撰寫此著前，幾乎把耶魯大學圖書館所藏相關書刊讀遍，才修得銳利洞徹眼光、高瞻遠矚氣魄，述作紛紛，海內外宗仰。

仔細一想，文學史的確很奇妙，無論當時是捧還是棒，時過境遷，最終留下來的還是經得起時間檢驗的作品。而令人欽佩的是一個人能夠堅持不懈的精神。有的人平常也清醒，蠻靈光，但一涉及自身利益或某種壓力，馬上就變得很現實，隨風而動，隨波逐流了。

他感歎現在沒有多少年輕人願意沉下心來看書，很浮躁。「你不要怕書這樣多，看不完，現代小說這麼多，但名家的作品一本一本仔細看下去……文學史最不好就是抄人家的。我從不跟人家走的，自己有自己的看法。」

夏志清讓被遮蔽的偉大作家重見天日，比如張愛玲特立獨行，喜歡關注一些時代的背景下活得「不徹底的人物」。她與她筆下的人物同呼吸共命運，「沒有悲壯，只有蒼涼」。他稱沈從文「這世界，儘管怎樣墮落，卻是他寫作取材的唯一的世界」。在張、沈等被兩岸刻意忽略的年月裏，夏志清是極少數給他們極高評價的知音。

夏志清教授的簽名題字。

有關作家孰高孰低的問題，夏志清和其他學者持有不同的意見。也曾在會場上針鋒相對。正如評家所言，在文學為政治服務的歲月，藝術上的封鎖常常意味著主流意識形態的認識宣判與有意遮蔽。封鎖與這封鎖的被衝破、解開，註定能成就一段難忘的歷史。

無論如何，向世界介紹中國現代文學，讓中國文學進入國際視野，夏志清功不可沒。

最令人感歎的是，無論境遇順逆或跌宕，書信往來，見證了夏志清對張愛玲長達半世紀的關照與關切。見證了艱難歲月，孤高而又決絕的天才，繁華落盡的悲涼。書信的溫度，至今觸摸可感。

自紐約回舊金山，一直想寫篇稿配題字發表。豈知蛇年之尾，傳來大師離世的噩耗。唯有墨蹟依舊，如希望之燭，光照後人。

呂紅

《紅杉林》美洲華人文藝總編。美國華文文藝界協會會長。著有長篇小說《美國情人》、小說集《午夜蘭桂坊》、散文集《女人的白宮》、傳記《智者的博弈》。作品選入《美文》、《北美新移民小說精選》、《世界華語文學作品精選》、《海外華文文學讀本》等。主編《女人的天涯》、《新世紀海外女作家獲獎作品精選》。作品獲多項文學獎及傳媒獎。

文學史家一伯樂

悼夏志清教授之逝

潘郁琦

以筆書寫
將紐約作為文學的軸心
拓墾一方
評論的園地

針貶捭闔
以評論堆疊了經典
於是
一本小說史護持了現代
也改寫了西方
懵懂的認知
文學的身份
從此有了光環

為漢學研究注入新血
揮著老邁的衣袖
鐫鏤著

一脈脈西方的清流
每一縷紋路
都交織著創新的
思維
與記憶

回轉身
千帆已過
有一個名字
呼喚著
東方的寂寞
現代文學評論於焉
根植
西方的沃土

一個近百高齡的頑童
歡呼著：「我真是聰明，真是偉大」

於是他把自己也走成了經典

（轉載自世界副刊　二〇一四年十一月一日）

潘郁琦

曾任紐約明報文藝副刊主編，美國防癌協會北加華人分會季刊、年刊主編。曾主持廣播電臺文藝節目，雜誌徵文評審，特約專欄，著有詩集《今生的圖騰》、《橋畔　我猶在等你》，散文集《忘情之約》，童詩集《小紅鞋》，曲目〈談問靜思間〉、〈守護〉、〈季節中的妳〉等。

憶夏公志清

梅振才

（一）

夏公走了，留下文學批評史上一段絕唱！點滴往事不由湧上心頭……

一九八一年夏天，我從廣州移居紐約，一有餘暇，便到哥大東亞圖書館看書。有三個人的著述特別引起我的注意：夏志清的《中國現代小說史》，唐德剛的《胡適口述自傳》、《胡適雜憶》，董鼎山的書評系列文章。後來，我的好友麥子當了中國新聞社記者，當有採訪文化名人的機會，有時也通知我一下。於是，我見到了心儀已久，人稱「紐約文壇三老」的夏志清、唐德剛和董鼎山。後來和他們交往越來越多，他們成了我的師友，真感謝命運的安排。

一九九五年，我們成立美國「北大筆會」，唐德剛先生欣然應允當顧問。夏志清先生曾任教北大，可說也是「北大人」，應我們邀請，也參加過筆會活動，他喜歡說些北大往事。董鼎山先生亦不時出席。

二〇〇三年，我開始擔任紐約詩畫琴棋會會長，二〇〇四年起擔任了幾屆紐約梅氏公所主席。兩會舉辦大型活動時，會邀請紐約名作家參加，夏志清和董鼎山就是其中兩位。他們曾捐出自己的作品，作抽獎禮物，中獎者欣喜若狂，爭著和他們照相留念。

二〇〇六年，夏教授八十五歲，當選為臺灣中央研究院院士，紐約學界、文化界朋友在法拉盛設宴慶賀。這項榮譽他早就應該得到，但夏公似乎並不在意此桂冠之早到或遲來，他很得意以罕見的高票當選，「好像在作新娘子！」喝了點酒，夏公臉色紅得發亮，話也更多。

二〇〇九年，拙著《文革詩詞鉤沉》編寫完工，我把書稿送到夏教授府上，請他為此書名譯成英文。不到三天，就收到他的來信，內有手寫的英譯名 *Saved from Oblivion: Poems of the Cultural Revolution Period*，他的署名後面還蓋上一枚紅色印章。此書由香港明鏡出版社出版後，我馬上把新書送去給夏教授。看到封面的書名題簽，中文是北大季羨林教授的筆跡，英文是他的筆跡，他高興地說：「你這本書真是好，好到不得了！這個英譯名，我自己也滿意，特別是『鉤沉』譯成 Oblivion，可說是神來之思！當時我是隨手寫下來的，沒有想到你放在封面上。」

（二）

二〇一〇年，我參加了兩場為夏公舉辦的九旬壽宴。

第一場壽宴是一月十日，於曼哈頓杏花樓酒樓舉行，由紐約文友們舉辦。夏公健康不佳，在夫人攙扶下慢慢走進來，見到不少老朋友，看到掛滿牆上的賀壽聯，聽到文友次第朗誦祝壽詩，精神一振，依舊談笑風生。我獻上一首七言詩：「重描新史耀千秋，激濁揚清志已酬。妙語由來驚四座，十年再醉杏花樓。」後來我到他家作客，入門便見到這塊賀壽詩匾，掛在大廳入口旁邊牆上。他說：「你這首詩真是寫得好！我把它放在最顯眼處，就是想讓來訪的朋友和客人，第一眼就讀到你這首詩。」

第二場壽宴是十月二十三日，於曼哈頓希爾頓酒店舉行，由夏公的故舊門生舉辦。最珍貴賀禮，當數馬英九的賀壽字幅《績學雅範》，寫著「志清院士九秩嵩慶」。夏教授桃李滿天下，來賀壽的門生中，有一位洋人寫了一首七律漢詩向老師祝壽。他是聖路易華盛頓大學教授Robert Hegel。他告訴我，他就是在夏教授引領下，對中國文學產生了濃厚興趣，從此走上研究和傳授中國文學之路。

壽宴上，我和紐約州立大學珀切斯校歷史系于仁秋教授同桌。我問他是夏門弟子嗎？他說：「不是，我的好朋友唐翼明、查建英才是。通過他們的介紹，才認識了夏先生。」後來于先生送我一本他的長篇小說《請客》，序言〈恒常的日常〉是夏先生寫的。此序寫於二〇〇六年十二月，當時他年紀大了，又有心臟病，仍為自己學生的朋友寫下這篇近六千字的長序，令人感動！

二〇一一年秋天，南京東南大學藝術學院院長王廷信來到紐約，最大願望是見到他所仰慕的夏志清教授。我和畫家方書久陪同王院長到夏府。客自故鄉來，夏公很高興，滔滔不絕地談起一九八三年那次大陸之行。王院長堅持要請夏公吃飯，夏太太建議去「哥大小館」。臨別，王院長邀請夏公到南京一行。夏公說，年老體衰，已不宜遠行了。

二〇一三年秋天，兩位詩友從北京和南京來紐約開會。十月十日中午，我陪同他們拜訪久仰的夏先生。他顯得衰弱，但思維清晰。一見我們，高興地說：「今天是辛亥革命紀念日，你們選了個好日子！」我們參觀他的書房，挑出他那本成名巨著《中國現代小說史》中譯本，捧在手上，與他拍照留念。我們想請夏先生到外面吃頓飯，夏太太說：「他喜歡熱鬧，但最近身體更差了，已不宜外出就餐。謝謝你們的好意！」沒有料到，這是與夏老最後一次會面。

（三）

這些日子，夏太太聯繫和安排夏老的追悼會，朝夕奔忙。她說，幸好有很多夏老的學生和朋友在幫忙。她告訴我，根據夏教授生前的意願，採火葬形式，骨灰盒供奉在家中。

夏教授的寓所在曼哈頓上城百老匯附近一條寧靜的街道上，距離他曾任教數十載的哥大和秀麗的赫德遜河只有一箭之遙。這些已歷百年風雨的公寓大樓，屬於哥大的產業。夏先生住在五樓，可乘老式電梯上去。寓所有三房一廳，頗為寬敞，每面牆都是擺滿書籍的書架，書房中的兩張書桌上堆積著一疊疊的報刊書籍，簡直是一片書籍的海洋！夏教授於一九九一年九月搬入，至今有二十多年。夏先生與太太攜手度過數十個春秋，鶼鰈情深。每次見到他倆，夏太太對夏先生的關愛，盡在一言一行中。夏先生稱太太為「媽媽」，小處見情深。我明白夏先生遺願之深意：他要魂歸家中，與妻子朝夕相伴。

夏公走了，藏書如何處理？夏太太說：「有好幾處，如哥大，都想要夏先生的手稿和藏書，我會聽取王德威教授的意見，找一個最好的安置歸宿。德威正為夏先生的後事操心，他真是盡心盡力。」

我說：「夏先生是他的恩師。」

「話是那麼說，但德威對夏先生的回報，是夏先生施恩的數倍了。」夏太太說。

「三老」如今只剩下董老，將屆九十二歲高齡，頭腦仍很清晰，每週寫一篇專欄文章。老友去世，他悲傷不已，由於最近在家裏摔了一跤，行動不便，無法參加追悼會，託我向夏太太轉達他的慰問。

一代宗師夏志清先生，成就傲人事業，享九十三歲高壽，不枉此生。悼詩一首，為公送行：

紐約嚴冬日，驚聞失夏公。
名歸中院士，性近老頑童。
有意描新史，無心爭偉功。
人書遺雅範，四海仰高風。

梅振才

廣東台山人，北京大學俄羅斯語言文學系畢業。早年在廣州從事翻譯和寫作，移居美國後，業餘筆耕，以散文、詩詞為主。紐約《華周刊》、《新周刊》詩詞專欄主編，《僑報周刊》散文專欄作家。紐約詩詞學會會長、中華詩詞學會顧問、東南大學客座教授、紐約華文作家協會會員。作品刊於國內外各報刊，多次獲獎。出版著作有《百年情景詩詞選析》、《文革詩詞鉤沉》等。

附錄一

夏志清教授追思會現場側記

李秀臻

一月十八日早上準備出門前，老天突然雨雪交加，天色黯淡無采，彷彿為文學評論巨擘夏志清教授的追思會更添感傷。

抵達曼哈頓上城麥迪遜大道夾八十一街的 Frank E. Campbell 殯儀館，身著制服的門衛禮貌迅速地開門，一入內，兩旁盡是各界致贈的花圈與花籃，包括中華民國馬英九總統「典型足式」的花牌。夏教授重要的中英著作包括《中國現代小說史》、《新文學的傳統》、*C.T. Hsia on Chinese Literature*、*Twentieth Century Chinese Stories*、*The Classic Chinese Novel*、《張愛玲給我的信件》等等，也在一旁展示著，大師雖然離世，留予文學評論界的貢獻卻永垂不朽。

會場布置典雅，兩百多名夏教授的故舊同僚學生好友不到時間早已坐滿席位。現場彈奏的鋼琴樂音，伴著前方電視螢幕所播放夏先生生前許多照片，包括他高中、大學時期俊秀的學生照畢業照，還有生活、工作翦影等等，令在場者心底升起無限的哀思。

追思會在哈佛大學東亞語文系教授王德威的主持下，別具意義。王德威教授是文學評論研究領域夏先生之後的接班人，他表示懷著無比敬重的心情，主持夏教授的紀念儀式，他讚揚夏教授對文學、對生命的熱愛，推崇他在中國現代文學研究領域的地位，《中國現代小說史》等著作真正走進了西方學術的殿堂。

詩人汪班的朗誦揭開追思會序幕，他選了英國詩人威廉・布萊克（William Blake）於一七八九年所作的詩 The Echoing Green。詩詞描述一群孩童在陽光燦爛的日子中玩耍，綠地上充滿歡樂的笑聲，直到日暮西山，全身疲憊，終須回到母親膝下休息。布萊克是夏教授非常欣賞的詩人，他曾經研究威廉・布萊克檔案（William Blake Archive）論文脫穎而出，而取得留美獎學金，至耶魯大學攻讀英文碩士、博士。汪班選擇此詩藉以反映人生的旅程，他也認為布萊克在創作詩歌、和夏教授在詮釋文學所各自展現的純真與大膽，有如伯仲。

駐紐約臺北經濟文化辦事處處長章文樑，在會中宣讀中華民國馬英九總統的唁電：「志清院士畢生悉力文學評論領域，潛心西歐古典文學，朝經暮史，顯績揚聲。雖長期旅居海外，猶殫力中國文學研究，融合東西治學精微，允執中國現代文學評論牛耳，潤色鴻業，輝映流詠；國士已遠，儀範矜式。」哥倫比亞大學東亞語文系系主任 Haruo Shirane、教授 Paul Anderer、New York Presbyterian Hospital/ Columbia University Medical Center 醫療團隊主治醫師 Dr. Michael H. Cohen、作家王鼎鈞、世界日報社長楊仁烽、作家查建英、Dr. Ming Jiao Hsia 等人先後致詞，讚揚夏教授的學術貢獻、分享他們與夏教授相處的回憶，有笑聲，有哽咽，氣氛溫馨。

哥大東亞語文系系主任 Haruo Shirane 曾經是夏教授的學生，後來兩人成為同事。他回憶說，大學時修了夏教授的課，很多人知道他是古怪的天才（eccentric genius），他不喜歡系統化地教授中國文學，課堂上他談論很多好萊塢電影或者講述他當下最有感覺的幻想（anything else that struck his fancy at the moment）。但如果你問他特定的問題，他的解答有如知識泉源，而且從不怕表達強烈的意見。這位日裔教授在他的博士論文口試時，考官之一的夏教授出題要他舉出在哪些中國詩詞中提到大雁（wild geese），Haruo Shirane 作答後，夏教授即攤開中文報紙閱讀，絲毫不顧後面進行的口試。口試結束後，夏教授即告訴 Haruo Shirane 歡迎他將成為哥大的教授。若干年之後他真的回到哥大成了夏教授的同事。夏先生每回見到他都會拍他肩膀打趣，為自己的先知感到得意。

夏教授去世後，Haruo Shirane 代表東亞系對師生發出消息並表達敬悼之意，收到了許多的回信。其中最難得的一封信來自 Theodore DeBary，哥大東亞系的創始者之一。這位老教授說：「對於夏志清教授作為一個學者及教師，以及中國現代文學研究的領導者，你的致敬是實至名歸的。而且這讓我感到自豪，是我發現了他，並把他帶到哥倫比亞大學。」自一九六一年至一九九一年夏教授在哥大任教三十載，被公認為是將哥大的中國現代文學研究領域推向領先地位的先驅，Haruo Shirane 表示大師的殞落是整個中國文學領域及哥倫比亞大學極大的損失，「我們會懷念他，也將一直記得他的幽默與不可磨滅的性格。」（We will always remember his humor and indelible character.）

追思會在夏教授的養子夏焦明感人的演講後結束，夏教授夫人王洞女士在親屬好友的護伴下，堅強的陪著夏教授走完最後一程。追思會結束，天空已不知何時放晴，虔心祈望在天上的夏志清教授好好安息。

附記一：夏教授是北美華文作家協會及紐約分會的創會會員，向來關心與支持作協的活動，只要體力許可，他必親自到席或者演講分享；對於年輕後輩不吝鼓勵，愛護有加，筆者於一九九五—二〇〇二年期間有幸參與北美華文作協及紐約華文作協職務，承蒙夏教授的鼓勵與指導，何其有幸。謹以此報導向最敬愛的夏教授致意。

附記二：汪班朗誦英國詩人 William Blake 詩作：The Echoing Green

The Echoing Green

By William Blake (1757-1827)

The Sun does arise,
And make happy the skies.
The merry bells ring,
To welcome the Spring,

The sky-lark and thrush,
The birds of the bush,
Sing louder around,
To the bells cheerful sound,
While our sports shall be seen
On the Echoing Green.

Old John with white hair
Does laugh away care,
Sitting under the oak,
Among the old folk.
They laugh at our play,
And soon they all say,
Such, such were the joys,
When we all, girls & boys,
In our youth time were seen,
On the Echoing Green.

Till the little ones weary
No more can be merry
The sun does descend,
And our sports have an end:
Round the laps of their mothers,
Many sisters and brothers,
Like birds in their nest,
Are ready for rest:
And sport no more seen,
On the darkening Green.

李秀臻

生於臺灣基隆，祖籍山東。輔仁大學大眾傳播系畢業、紐約州立大學奧本尼分校傳播系碩士。曾任世界日報記者、編輯；北美華文作家協會秘書長、紐約華文作家協會會長。曾辦雜誌、任職紐約華僑文教中心；現任北美華文作協網站編輯。著有《風雲華人》。

附錄二
夏志清著作目錄
王洞提供

（一）英文著作

China: An Area Manual. Vols. 1-2. Edited by D. N. Rowe and W. Kendall. Johns Hopkins University,Operations Research Office, 1954. (Coauthor with Lucian Pye and others.)

A History of Modern Chinese Fiction,1917–1957. Yale University Press, 1961; Yale second edition, A History of Modern Chinese Fiction. 1971; third edition with Introduction by David D. Wang. Indiana University Press, 1999.

Chinese translation ：《中國現代小說史》（劉紹銘等譯）。

臺北，傳記文學社，一九七九。

香港，友聯出版社，一九七九。

香港，中文大學出版社，二〇〇一。

上海，復旦大學出版社簡體字增刪本，二〇〇五。

The Classic Chinese Novel: A Critical Introduction. Columbia University Press, 1968. Indiana University Press. 1980. Cornell University's East Asia Program, 1996.

Chinese translation：《中國古典小說導論》（胡益民等譯），合肥，安徽文藝出版社，一九八八。同書改名《中國古典小說史論》，南昌，江西人民出版社，二〇〇一。

German translation: *Der Klassische Chinesische Roman*. Tr. Eike Schönfeld. Afterword by Helmut Martin. Frankfurt: Insel Verlag, 1989.

Editor, *Twentieth-Century Chinese Stories*. Assistant Editor, Joseph S. M. Lau. Columbia University Press, 1971.

Coeditor with Joseph S. M. Lau and Leo O. Lee, *Modern Chinese Stories and Novellas, 1919–1949*. Columbia University Press, 1981.

C.T. Hsia on Chinese Literature. Sixteen essays and studies. Columbia University Press, 2004. 532 pp.

Coeditor with Wai-Yee Li and George Kao, *The Columbia Anthology if Yuan Drama,* Columbia University Press, 2014.

（二）中文著作

《愛情　社會　小說》，臺北，純文學出版社，一九七〇。

《文學的前途》，臺北，純文學出版社，一九七四。
北京，三聯書店，二〇〇二。

《夏濟安日記》（夏志清校註），臺北，言心出版社，一九七五。
臺北，時報文化出版公司，一九七五。
瀋陽，新世紀萬有文庫，一九九八。
《人的文學》，臺北，純文學出版社，一九七七。
瀋陽，新世紀萬有文庫，一九九八。
《新文學的傳統》，臺北，時報文化出版公司，一九七九。
北京，新星出版社，二〇〇五。
《印象的組合》，香港，文學研究社，一九八二。
《雞窗集》，臺北，九歌出版社，一九八四；新版，二〇〇六。
上海，三聯書店，二〇〇〇（大陸增刪本）。
《四海集》，夏志清，余光中等著，臺北，皇冠出版社，一九八六。
《夏志清文學評論集》，臺北，聯合文學雜誌社，一九八七，二版，二〇〇五。
《大時代：端木蕻良四〇年代作品選》，夏志清、孔海立合編，臺北，立緒出版社，一九九六。
《談文藝．憶師友：夏志清自選集》，香港，天地圖書公司，二〇〇五 秋。
《歲除的哀傷》，陳子善編，南京，江蘇文藝出版社，二〇〇六。
《現代英文選評註》：夏濟安評註（夏志清校訂），臺北，臺灣商務印書館，二〇〇七。

（三）英文作品發表年表

"To What Fyn Lyve I Thus? —Society and Self in the Chinese Short Story," or *The Kenyon Review*, XXIV (Summer 1962).

"Comparative Approaches to *Water Margin,*" *Yearbook of Comparative and General Literature*, No. 11 (1962).

"Residual Femininity: Women in Chinese Communist Fiction," *The China Quarterly,* No. 13 (1963). Reprinted in Cyril Birch, ed., *Chinese Communist Literature* (Praeger, 1963).

"Love and Compassion in *Dream of the Red Chamber*," *Criticism*, V, No.3 (1963). Reprinted in Dennis Poupard & Mark W. Scott, eds., *Literature Criticism from 1400 to 1800*. Detroit, Gale Research Co., 1984.

"On the 'Scientific' Study of Modern Chinese Literature: A Reply to Professor Průšek, " *T'oung Pao,* L, Nos. 4–5 (1963). Reprinted as Appendix I in Jaroslav Průšek, *The Lyrical and the Epic*. Edited by Leo Ou-fan Lee. Indiana University Press, 1980.

"Traditional Chinese Literature and the Modern Chinese Temper," *Literature East & West*, VIII, Nos. 2–3 (1964). Reprinted in Chi-pao Cheng, ed., *A Symposium on Chinese Culture* (New York, Paragon, 1964).

"Obsession with China: The Moral Burden of Modern Chinese Literature, " in Alona. E. Evans, et al. eds., *China in Perspective* (Wellesley College, 1967). Reprinted as Appendix I in *A History of Modern Chinese Fiction*.

With T. A. Hsia. "New Perspectives on Two Ming Novels: *Hsi-yu chi* and *Hsi-yu pu*, " in Chow Tse-tsung, ed., *Wen-lin: Studies in the Chinese Humanities*. University of Wisconsin Press, 1968.

"Chinese Novels, " *Columbia University Forum* (Spring 1968).

"A Critical Introduction," in S. I. Hsiung, tr., *The Romance of the Western Chamber*. Columbia University Press, 1968.

"Introduction, " in Tsi-an Hsia. *The Gate of Darkness: Studies on the Leftist Literary Movement in China.* University of Washington Press, 1968.

"*The Travels of Lao Ts'an*: An Exploration of Its Art and Meaning," *Tsing Hua Journal of Chinese Studies*, N. S., VII, No.2 (1969).

"Time and the Human Condition in the Plays of T'ang Hsien-tsu, " in Wm. Theodore de Bary & the Conference on Ming Thought, *Self and Society in Ming Thought.* Columbia University Press, 1970.

"Crabbe's Poetry: Its Limitations, " *Tamkang Review*, I. No.1 (Taipei. 1970).

"Literature and Art under Mao Tse-tung" in Frank Trager & William Henderson, eds., *Communist China, 1946–1969: A Twenty-year Appraisal*. New York University Press, 1970.

"Pope, Crabbe and the Tradition." *Tamkang Review*, II, No.1 (1971).

"Foreword" to Wu Ching-tzu, *The Scholars*. Trans. by Yang Hsien-yi & Gladys Yang. New York, Grosset & Dunlap, 1972.

Eleven biographies of Chinese writers, ancient and modern, in McGraw-Hill's *Encyclopedia of World Biography* (New York, 1973).

"The Military Romance: A Genre of Chinese Fiction, " in Cyril Birch, ed., *Studies in Chinese Literary Genres.* University of California Press, 1974.

"The Continuing Obsession with China; Three Contemporary Writers, " *Review of National Literatures*, VI, No.1 (Spring 1975). Reprinted as Appendix III in A History of Modern Chinese Fiction, third edition.

"Foreword" to Joseph S. M. Lau. ed.. *Chinese Stories from Taiwan: 1960-1970*. Columbia University Press. 1976.

"The Scholar-Novelist and Chinese Culture: A Reappraisal of *Ching-hua yuan*, " in Andrew H. Plaks, ed, *Chinese Narrative: Critical and Theoretical Essays*. Princeton University Press, 1977.

"Yen Fu and Liang Ch'i-ch'ao as Advocates of New Fiction, " in Adele Austin Rickett, ed., *Chinese Approaches to Literature from Confucius to Liang Ch'i-ch'ao*. Princeton University Press, 1978. Also in *Journal of Oriental Studies*, XIV, No.2 (Hong Kong, July 1976).

"The Chinese Sense of Humor, " in *Renditions*, No.9 (Hong Kong, Spring 1978).

"Closing Remarks, " in Jeannette L. Faurot, ed., *Chinese Fiction from Taiwan: Critical Perspectives*. Indiana University Press, 1980.

"*The Korchin Banner Plains*: A Biographical and Critical Study, " in *La Littérature chinoise au temps de la guerre de résistance contre Ie Japon* (de 1937 à 1945). Paris, Éditions de la Fondation Singer-Polignac, 1982.

"Hsü Chen-ya's *Yű-Ii hun*: An Essay in Literary History and Criticism, " in Liu Ts'un-yan, ed., *Chinese Middlebrow Fiction from the Ch'ing and Early Republican Eras*. A Renditions Book. Hong Kong, Chinese University Press, 1984. Also in *Proceedings of the International Conference on Sinology: Section on Literature* (Taipei, Academia Sinica, 1981, and in Renditions, Nos. 17-18 (Hong Kong, 1982).

"Chinese Novels and American Critics: Reflections on Structure, Tradition, and Satire, " in Peter H. Lee, ed., *Critical Issues in East Asian Literature: Report on an International Conference on East Asian Literature.* Seoul, International Cultural Society of Korea, 1983.

"Introduction, " in Peng Ko, *Black Tears: Stories of War-torn China*. Translated by Nancy Ing. Taipei, Chinese Materials Center Publications, 1986.

"Classical Chinese Literature: Its Reception Today as a Product of Traditional Culture, " in *Chinese Literature: Essays. Articles, Reviews,* X (July 1988).

"*A Dream of Red Mansions*," in W. Theodore de Bary & Irene Bloom, eds., *Approaches to the Asian Classics*. Columbia University Press, 1990.

"Foreword" to Pu Ning, *Red in Tooth and Claw: Twenty-Six Years in Communists Chinese Prisons*, New York, Grove Press, 1994.

（四）中文作品發表年表

1 〈愛情　社會　小說〉《文學雜誌》II，No. 5（一九五七）

2 〈文學　思想　智慧〉《文學雜誌》IV，No. 1（一九五八）

3 〈亡兄濟安雜憶〉《文星月刊》XVI，No. 1（一九六五）

4 〈夏濟安對中國俗文學的看法〉《現代文學》，No. 25（一九六五）

5 〈《水滸傳》的再評價〉《現代文學》，No. 26（一九六五）

6 〈評於梨華的《又見棕櫚，又見棕櫚》〉《中央日報》（一九六六・十・十八―二十一）

7 〈陶唐「編著」的《宋詞評註》〉《中央日報》（一九六八・六・十三―十四）

8 〈《宋詞評註》校讀記〉《大眾日報》（一九六九・五・二十九―六・四），作品雜誌，II，No. 4（一九六九）

9 〈我們要為真理而奮鬥〉《大眾日報》（一九六九・八・一―十二）

10 〈白先勇論〉《現代文學》，No. 39（一九六九）

11 〈A・赫胥黎〉《中國時報》（一九七〇・八・二十八―二十九）

12 〈夏志清談散文〉《幼獅文藝》，No. 196（一九七〇）

13 〈《大亨小傳》——一則不朽的「愛情故事」〉《中國時報》（一九七一・八・十五）

14 〈《夏濟安選集》跋〉《聯合報》（一九七一・三・八―十）

15 〈悼念陳世驤——並試論其治學之成就〉《傳記文學》，No. 114（一九七一．十一）

16 〈《張愛玲的小說藝術》序〉《中國時報》（一九七二．八．八－九）

17 〈文學雜談〉《中外文學》II，No. 1（一九七三．六）

18 〈姜貴的《重陽》——兼論中國近代小說之傳統〉《中國時報》（一九七三．七．一－三）

19 〈文學的前途〉《幼獅文藝》，No. 243（一九七四．三）

20 〈寫在《濟安日記》前面〉《中國時報》（一九七四．十．二十七－二十八）

21 〈夏志清書簡〉《書評書目》，No. 14（一九七四），No. 18（一九七四），No. 21（一九七五）

22 〈教育小說家金溟若〉《中國時報》（一九七四．十一．二十八－二十九）

23 〈《隋史遺文》重刊序〉《中國時報》（一九七五．五．十一－十六），袁于令《隋史遺文》序言，《幼獅文化》（一九七五）

24 〈渦堤孩，徐志摩，奧德麗赫本〉《中華日報》（一九七五．六．二十八）

25 〈端木蕻良作品補遺〉《明報月刊》，No. 117（香港，一九七五．九）

26 〈《師友 文章》序〉《傳記文學》（一九七五．十一）

27 〈追念錢鍾書先生——兼論中國古典文學研究之新趨向〉《中國時報》（一九七六．二．九－十）

28 〈陳若曦的小說〉《聯合報》（一九七六．四．十四－十六）

29 〈勸學篇——專覆顏元叔教授〉《中國時報》（一九七六．四．十六－十七）

30 〈看秀莉麥克琳演唱〉《中華日報》（一九七六．五．二十二）

31〈《林以亮詩話》序〉《林以亮詩話》（一九七六）

32〈克萊娥蒙難──巴順新著介紹〉《中國時報》（一九七六・十一・二〇－二十一）

33〈好萊塢早期的華僑片和軍閥片〉《中華日報》（一九七七・三・八－九）

34〈人的文學〉《聯合報》（一九七七・三・二十三－二十五）

35〈現代中國文學史四種合評〉《現代文學》復刊第一期（一九七七・七）

36〈文藝與人間世──談何懷碩的《域外郵稿》〉《聯合報》（一九七七・九・二十二）

37〈黃維樑的第一本書〉《中國時報》（一九七七・十一・二）

38〈正襟危坐讀小說〉《聯合報》（一九七七・十・十一－十三）

39〈《中國三十年代作家評介》序〉《中國時報》（一九七八・一・十五）

40〈歲除的哀傷──紀念亡友哈利〉《中華日報》（一九七八・一・二十七）

41〈霍華・霍克斯的幾部名片〉《中國時報》（一九七八・一・二十七）

42〈在上海那段少年歲月〉《聯合報》（一九七八・五・十）

43〈讀，寫，研究三步曲〉《中國時報》（一九七八・六・二十九）

44〈在北大教書的那一年〉《聯合報》（一九七八・八・八）

45〈陳若曦的第一篇小說〉《中國時報》（一九七八・八・二十）

46〈胡適博士學位考證〉《傳記文學》，No. 198（一九七八・十一）

47〈《胡適雜憶》序〉《聯合報》（一九七八・十二・一－三）；《傳記文學》，No. 200（一九七九・一）

48〈二報小說獎作品選評〉《中國時報》（一九七八・十二・一－四）

49〈新文學初期作家陳衡哲及其作品選錄〉《現代文學》復刊第六期（一九七九・一）

50〈《中國現代小說史》作者中譯本序〉《傳記文學》，No. 201（一九七九・二）

51〈五四雜感〉《中國時報》（一九七九・五・十二－十三）

52〈重會錢鍾書紀實〉《中國時報》（一九七九・六・十六－十七）

53〈五四時代的親情與愛情：漫談許地山，顧一樵的作品〉《聯合報》（一九七九・七・十六－十八）

54〈關於夏濟安譯《莫斯科的寒夜》〉《聯合報》（一九七九・十一・二十九－三十）

55〈曹禺訪哥大紀實——兼評《北京人》〉《聯合報》（一九八〇・五・十二－十五）；《明報月刊》（一九八〇・五）

56〈蔣曉雲小說裏的真情與假緣〉《聯合報》（一九八〇・七・十三－十五）

57〈外行談平劇——兼談寒山樓主及其新著〉《聯合報》（一九八〇・十一・二十九－三十）

58〈文學不能為政治服務〉《聯合報》（一九八一・二・十五）

59〈雜七搭八的聯想——《英美十六家》代序〉《中國時報》（一九八一・九・一－三）

60〈評《革命之子》〉《明報月刊》（一九八三・五），〈一無虛假的真實回憶錄——談梁恆的《革命之子》〉《中國時報》（一九八三・四・二十七－二十八）

61〈江南風景，異國情調——《海角 天涯 華夏》序〉《明報月刊》（一九八三・十），《中國時報》（一九八三・九・二十七－二十八）

62〈重讀《一九八四》〉《明報月刊》（一九八四・一月與二月號），題目改為〈從小說觀點討論《一九八四》〉《中華日報》（一九八四・一・二十六－二十九）

63〈最後一聚——追念吳魯芹雜記〉《明報月刊》（一九八四・七）

64〈羅素與艾略特夫婦〉《明報月刊》（一九八四・十一），《聯合文學》I，No. 1（一九八四・十二）

65〈真正的豪傑們〉《聯合報》（一九八四・十一・十九）

66〈中國古典文學之命運（上）〉《知識份子》I，No. 3（紐約，一九八五・四）

67〈當代才子梁錫華：《獨立蒼茫》序〉《香港文學》，No. 5（一九八五）

68〈春光，夏照，冬雪——淺談卓以玉的畫〉《中國時報》（一九八五・八・十三）

69〈志士孤兒多苦心——彭歌的小說〉《聯合報》（一九八五・八・十三－十五）

70〈愛香港，憂香港，要自由〉《百姓半月刊》，No. 109（一九八五・十二・一）

71〈中國古典文學之命運（中）〉《知識份子》II，No. 1（一九八六・一）

72〈從荷馬到喬伊斯〉《明報月刊》（一九八六・四）《中國時報》（一九八六・三・二十七－二十九）

73〈評批唐德剛「海外讀紅樓」〉《世界日報》（一九八六・八・三、八・十），《聯合報》（一九八六・八・九－十二），《傳記文學》（一九八六・八）

74〈東夏悼西劉——兼懷許芥昱〉《香港文學》，No. 30（一九八七・六），《中國時報》（一九八七・五・二十五－二十六）

75〈談談卡萊葛倫——名片，名導演，名女星〉《聯合報》（一九八七・六・十五—十七），《世界日報》（一九八七・六・二十三—三十）

76〈我保存的兩件胡適手蹟〉《傳記文學》I，No. 303（一九八七・八）

77〈四十年前的兩封信〉《聯合報》（一九八八・二・七—八），《香港文學》I，No. 41（一九八八・五）

78〈文人書簡：端木蕻良致夏志清〉《聯合報》（一九八八・二・二十五）

79〈關於賽金花瓦德西公案〉《傳記文學》I，No. 310（一九八八・三）

80〈我的書房生活〉《聯合報》（一九八八・五・一）

81〈五四三巨人〉《聯合文學》I，No. 43（一九八八・五）

82〈文學雜誌與我〉《聯合報》（一九八八・十二・七—十一），收入白先勇等著《現文因緣》中，現文出版社（一九九一）

83〈頌夏賞秋　嘆春惜冬——評析《靜靜的紅河》《中央日報》（一九八八・十二・二十九—三十一）

84〈梁實秋的暮年小品〉《香港文學》I，No. 58（一九八九・十）

85〈方仁念的第一部小說——《大洋彼岸的情種》序〉《聯合報》（一九八九・四・二十八—三十）

86〈我們只配有的文化——《我正在讀的書》〉《聯合報》（一九九〇・六・三十）

87〈訪問二校，講學三題〉《中華日報》（一九九一・二・二十三—二十四），《香港文學》（一九九一・四）

88〈桃李親友聚一堂——退休前夕的慶祝和聯想〉《聯合報》（一九九一・五・四—六），《世界日報》（一九九一・五・六—七）

89〈魯許棣案的新波折〉《明報月刊》（一九九一．十），《中國時報》（一九九一．九．十四），題為〈《魔鬼詩篇》後遺症〉

90〈母女連心忍痛楚——琦君回憶錄評賞〉《中央日報》（一九九一．十一．八—十）

91〈劉廷芳——一個有功國家的全福老人，兼憶朱文長、李善德二友〉《中央日報》（一九九一．十一．十九）

92〈濟安師祝勉《現文》主編——名作家書信選錄〉《聯合文學》，Vol. 8，No. 7（一九九二．五）

93〈我的三S晚餐〉《聯合報》（一九九二．五．二十五），《世界日報》（一九九二．六．四）

94〈哥倫布與美國的種族問題〉《明報月刊》，Vol. 27，No. 8（一九九二．七），《中華日報》（一九九二．七．十五）

95〈婦女 圖片 傳記文學——賀《傳記文學》創刊三十週年紀念〉《傳記文學》，Vol. 61，No. 2（一九九二．八）

96〈雛鳳清音〉《世界日報》（一九九二．十．五—六），裴在美《異鄉女子》序言，題為〈散文新秀裴在美〉，健行出版社（一九九二）

97〈師友，花木，故鄉月——《馬逢華散文集》序〉聯合報（一九九二．十二．二十九—三十一），《傳記文學》（一九九三．一）

98〈妓女，士兵，窮小孩——布雷克名詩賞析〉《中華日報》（一九九三．二．十五—十六），收入陳冷、呂自揚主編《我喜愛的一首詩》中，河畔出版社（一九九三）

99〈索忍尼辛與無名氏〉《聯合報》（一九九四・五・十三－十五）

100〈文法路，修辭街〉《聯合報》（一九九四・十二・二十－二十二），夏濟安評註《現代英文選評註》校訂版序，臺灣商務印書館（一九九五・一）

101〈超人才華，絕世淒涼——悼張愛玲〉《中國時報》（一九九五・九・十三－十四），收入蔡鳳儀主編的《華麗與蒼涼：張愛玲紀念文集》中，皇冠出版社（一九九六）

102〈高克毅及其新著《美語詞典》〉《聯合報》（香港版，一九九五・八）；改為〈高克毅其人其書〉及〈題內題外：電影，藝文，雜學〉二文，收入高克毅《一言難盡——我的雙語生涯》，《聯合文學》（二〇〇〇）

103〈一段苦多樂少的中美姻緣〉《明報月刊》（一九九六・四），為司馬新《張愛玲與賴雅》一書之序言，大地出版社（一九九六）

104〈端木，海立與我——《大時代：端木蕻良四〇年代作品選》的背景〉《聯合報》（一九九六・十・十三－十六）

105〈錢氏未完稿《百合心》遺落何方？錢鍾書先生的著作及遺稿〉《明報月刊》（一九九四・二）

106〈初見張愛玲，喜逢劉金川——兼憶我的滬江歲月〉《聯合報》（一九九九・三・二十一－二十二）

107〈中文小說與華人的英文小說〉《明報月刊》（二〇〇〇・一）

108〈我與張愛玲〉《明報月刊》（二〇〇〇・十二）

109〈現代文學考掘專家陳子善——《說不盡的張愛玲》序〉《信報文化》副刊（香港，二〇〇一・五・

二十六）

110〈耶魯三年半〉《聯合文學》（二〇〇二・六），《萬象月刊》（瀋陽，二〇〇二・一一六）

111〈《中國古典小說》中譯本序〉《聯合文學》（二〇〇二・七）

編後記

亦俠亦狂一書生

姚嘉為

二〇一三年底，驚聞文學評論巨擘夏志清教授辭世，北美作協領導團隊當即決定在網站上製作紀念專輯，於二〇一四年一月十八日夏教授追思會當天推出，傳送到兩岸三地，敬送夏公一程。

短短兩星期內，從邀稿、收稿、編輯、張貼到傳送，緊鑼密鼓進行，於追思會當天推出紀念專輯，內容有三十餘篇文章，三十張照片。這是北美學界文壇群策群力的結晶——夏師母提供夏先生早年照片，趙淑俠和張鳳向文壇學界廣為邀稿，學者作家迅速撰文回應，網站編輯部李秀臻、傅士玲、林玲襄助編校，令人動容，也堅定了我們日後蒐集報導北美文壇史料的信心。

紀念專輯發布後，收到不少來信，詢問何時出版紙本書，及時提醒了我們，網站雖然傳播快速，無遠弗屆，但有朝一日不存在了，這些從各方蒐集而來的珍貴圖文資料也將隨風而逝。我們決定進行出版紙本書，有幸得到臺灣商務印書館的支持，徵得夏師母的同意，作者們的授權，於夏教授辭世一週年前出版紀念文集。

本書主要選自北美作協網站《夏志清紀念專輯》，加上白先勇在香港《明報》月刊發表的紀念文章，共收錄三十三篇，另有生平事略、照片身影，中英文著作一覽表和追思會現場側記。除了紀念意義之外，也具有史料價值。

多年來，華人世界認識的夏志清，多半來自報章雜誌的報導和他的著作，如《中國現代小說史》是西方漢學界的經典，抬高張愛玲、錢鍾書、沈從文在文學史上的地位，與夏濟安的兄弟情深，幾場轟動文壇的筆戰，與張愛玲的通信，等等，大多集中在早、中期的學術成就與文壇身影，比較缺乏晚年的資料。

本書作者以北美學者與紐約作家為主，學者包括學界菁英，新生代學者，移居香港、大陸的傑出學者，韓國漢學家，呈現了漢學界世代交替，開花散葉的譜系。作家有文壇重量級名家、紐約文友、大陸鄉親、臺灣作家。有的作者與夏先生相識數十載，有的時相往來，有的僅一面之緣，他們筆下的親身見聞，拼貼出夏先生中晚年的生活、言行、笑貌，可謂栩栩如生，我們看到了夏先生在紐約的活躍身影。

六、七〇年代起，文壇學界人士到紐約，都希望「去看看夏先生」，這情形數十年來不變。親切沒架子，集會有請必到。支持文壇活動，到新書發表會捧場，冒雪參加同鄉會。九十大壽馬英九總統頒贈的賀匾和文友送的賀壽聯，都掛在客廳顯眼處。他好客，經常款待訪客、朋友、學生去餐館享用中西美食。

有他在的場合，笑聲不絕，絕不冷場。也喜愛誇獎人，慷慨地使用極端的讚美詞，如「偉大」、「了不起」、「奇才」、「才女」、「美若天仙」、「英俊瀟灑」，令人受寵若驚。大家津津樂道的是他獨特的說話風格，心直口快，思緒跳躍，濃重的蘇州口音，每令初識者錯愕。有人說他腦子太快了，語言跟不上，更多人乾脆以縱容溺愛的口吻，稱他一聲「老頑童」。

「老頑童」嘻笑熱鬧的身影後面，其實「並非沒有憂傷挫折，他有位需要特別照顧的女兒」。他曾自剖是個「非常害羞緊張的人」。如同世間一流的喜劇明星，他戴上歡笑的面具，掩飾內向羞怯，帶給周遭人快樂。

通過書中作者們的親身見聞，我們看到了學術場合中的夏先生。大家一致推崇他從西方人文主義傳統出發，重新評估中國小說，對西方漢學的卓越貢獻，也著墨於他治學的一絲不苟，論述鞭辟入裏，旁徵博引，勇於說真話。他識才愛才，提攜後進，照顧哥哥夏濟安的學生，為同事、朋友、晚輩寫推薦信，不遺餘力。

身影集以照片呈現夏先生一生的里程碑，如早年在上海與父母兄妹合影，到耶魯大學讀書，錢鍾書、沈從文訪美時合影，與唐德剛握手言和，到香港參加張愛玲研討會，當選中央研究院院士，九十大壽壽宴，其中最動人的是晚年與始終陪伴相隨的夏師母合影。

編罷掩卷沉思，我彷彿見到一位亦俠亦狂的書生，含笑揮手，步入永恆，他知道自己的名字早已鐫刻在文學史冊上。

王德威教授在百忙中寫序，讀之方體會何為情同父子的動人情誼；學者與作家們寫下親身見聞與有趣的小故事，並授權北美作協出版，讓世人從文字去認識夏先生其人的言行笑貌，還有王曉藍女士慨然承擔李渝文章的授權事宜，在此一併致謝！

世華文學

亦俠亦狂一書生
——夏志清先生紀念文集

主編◆姚嘉為
發行人◆王春申
副總編輯◆沈昭明
編輯部經理◆葉幗英
責任編輯◆徐平
校對◆馮湲
封面設計◆吳郁婷

出版發行：臺灣商務印書館股份有限公司
10046台北市中正區重慶南路一段三十七號
電話：(02)2371-3712　傳真：(02)2371-0274
讀者服務專線：0800056196
郵撥：0000165-1
E-mail：ecptw@cptw.com.tw
網路書店網址：www.cptw.com.tw
網路書店臉書：facebook.com.tw/ecptwdoing
臉書：facebook.com.tw/ecptw
部落格：blog.yam.com/ecptw

局版北市業字第993號
初版一刷：2014 年 12 月
定價：新台幣 320 元

ISBN 978-957-05-2974-6

亦俠亦狂一書生：夏志清先生紀念文集 ／ 姚嘉為
主編. --初版. --臺北市：臺灣商務，2014. 12
面 ； 公分. --（世華文學）

ISBN 978-957-05-2974-6（平裝）

855 103021138

廣　告　回　信
臺灣北區郵政管理局登記證
台北廣字第6450號
免　貼　郵　票

100台北市重慶南路一段37號

臺灣商務印書館　收

對摺寄回，謝謝！

傳統現代　並翼而翔

Flying with the wings of tradtion and modernity.

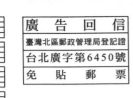

讀者回函卡

感謝您對本館的支持，為加強對您的服務，請填妥此卡，免付郵資寄回，可隨時收到本館最新出版訊息，及享受各種優惠。

■ 姓名：＿＿＿＿＿＿＿＿＿＿＿＿＿　性別：□ 男　□ 女

■ 出生日期：＿＿＿＿年＿＿＿＿月＿＿＿＿日

■ 職業：□學生　□公務(含軍警）□家管　□服務　□金融　□製造　□資訊　□大眾傳播　□自由業　□農漁牧　□退休　□其他

■ 學歷：□高中以下（含高中）□大專　□研究所（含以上）

■ 地址：＿＿＿＿＿＿＿＿＿＿＿＿＿＿＿＿＿＿＿＿＿＿＿＿

■ 電話：(H) ＿＿＿＿＿＿＿＿＿＿＿＿ (O) ＿＿＿＿＿＿＿＿＿＿

■ E-mail：＿＿＿＿＿＿＿＿＿＿＿＿＿＿＿＿＿＿＿＿

■ 購買書名：＿＿＿＿＿＿＿＿＿＿＿＿＿＿＿＿＿＿＿＿

■ 您從何處得知本書？

□網路　□DM廣告　□報紙廣告　□報紙專欄　□傳單

□書店　□親友介紹　□電視廣播　□雜誌廣告　□其他

■ 您喜歡閱讀哪一類別的書籍？

□哲學．宗教　□藝術．心靈　□人文．科普　□商業．投資

□社會．文化　□親子．學習　□生活．休閒　□醫學．養生

□文學．小說　□歷史．傳記

■ 您對本書的意見？（A/滿意　B/尚可　C/須改進）

內容＿＿＿＿＿編輯＿＿＿＿＿校對＿＿＿＿＿翻譯＿＿＿＿＿

封面設計＿＿＿＿＿價格＿＿＿＿＿其他＿＿＿＿＿＿＿＿＿

■ 您的建議：＿＿＿＿＿＿＿＿＿＿＿＿＿＿＿＿＿＿＿＿

※ 歡迎您隨時至本館網路書店發表書評及留下任何意見

臺灣商務印書館　The Commercial Press, Ltd.

台北市100重慶南路一段三十七號　電話：(02)23115538

讀者服務專線：0800056196　傳真：(02)23710274

郵撥：0000165-1號　E-mail：ecptw@cptw.com.tw

網路書店網址：http://www.cptw.com.tw 部落格：http://blog.yam.com/ecptw

臉書：http://facebook.com/ecptw